1

Eike M. Falk

Lissa

Herstellung und Verlag:
BoD - Books on Demand, Norderstedt
ISBN 978-3-7386-3170-8

(Hauptdarsteller)

Ich. Das bin ich. Lissa. 17 Jahre alt.
Und ich weiß, was ich bin.
Und ich schreibe das auf. Von Anfang an.
Den ganzen Schlamassel.
Den ich mir mit meinem Entschluss
eingebrockt habe.
Und auslöffeln werde.
Das werde ich.
Nichts wird übrig gelassen.
Darum schreibe ich das jetzt auch.
Ich treibe Buchführung.
Damit ich mich überprüfen kann.
Es ist mir Ernst mit der Sache.
Sehr ernst sogar.
Und ich werde keinen Rückzieher machen.
Auch wenn mir das eben durch den Kopf
geschossen ist.
Aber nur kurz. Und bäng!
Das werd ich später mit mir ausdiskutieren.

Ich glaub, ich mach jetzt mal mit Melli weiter.

Melli. Das ist meine Ma.

Eigentlich heißt sie ja Melanie.

Melli klingt aber deutlich schöner. Finden alle.

Findet sie selber auch. Also Melli.

Meine einzige Mutter.

Was'n Quatsch.

Ist doch klar.

Mehr als eine hat man für gewöhnlich nicht.

Mit Vätern ist das eine andere Sache.

Einen Vater habe ich nicht. Nie gehabt.

Es stehen aber mehrere zur Auswahl.

Oder standen, vielmehr.

Schall und Rauch.

Du und deine Väter! Sagt Großvater zu mir.

Das ist aber ein Scherz.

Du und deine Männer! Sagt er zu Melli.

Die macht sich aber nichts draus.

Ich mach mir auch nichts draus.

Wenn Melli sich nichts draus macht, mach ich
mir auch nichts draus.

Ich glaube, Melli weiß gar nicht mehr, wer alles
in Frage käme.

Als Vater für mich, meine ich.

Sie hat es vergessen.

Oder es interessiert sie nicht mehr.

Mich interessiert es auch nicht.

Ist tatsächlich so.

Einen Vater suche ich nicht.

Ich suche eine Großmutter.

Womit ich bei Großvater gelandet wäre.

Großvater ist der Vater von Melli.
Johann heißt er eigentlich.
Es nennen ihn aber alle John.
Wir reden uns überhaupt alle mit Vornamen an.
Nur wenn Melli 'Tochter!' sagt, womöglich mit ganz vielen Ausrufezeichen, dann weiß ich, dass es gleich ein Donnerwetter geben wird.
Das geht umgekehrt genauso.
Wenn ich 'Ma-a!' sage, auch mit ganz vielen Ausrufezeichen, und in die Länge gezogen, so richtig genüsslich, dann ist Alarm.
Mit John läuft das nicht.
Der hat mich noch nie angeschnauzt.
Ich ihn auch nicht.
Obwohl mir grad so danach wäre.
Das heißt - nee - eigentlich doch nicht.
Trotz allem nicht. Aber das erklär ich später.
Also, Melli und John, das ist meine Familie.
Das fand ich immer schön übersichtlich.
Allerdings ist jetzt noch eine Großmutter dazugekommen.

Die war natürlich immer schon da.
Und ich hab auch von ihr gewusst.
Auch wenn John und Melli sie vor mir
verheimlicht haben.
Die haben so getan, als ob es sie gar nicht
gäbe.
Ich weiß nicht, ob das die richtige Strategie
war.
Sie hätten sich doch denken können, dass ich
davon erfahre.
Irgendwas schnappt man immer auf.
Und reimt es sich zusammen.
Und jetzt bin ich 17. Und ich weiß alles.
Und stecke mittendrin im Schlamassel.
Aber ich gebe niemandem die Schuld.
Höchstens mir. Wenn überhaupt.
John und Melli haben ihre Gründe.
Die ich auch verstehe.
Also müssen sie jetzt auch mich verstehen.
Aber das werden sie nicht.

Und jetzt kommt es mir so vor, als ob ich mich
total verhaspelt hätte.
Gedanken aufzuschreiben ist keine einfache
Sache.
Das habe ich unterschätzt.
Gedanken denken ist nicht schwer.

Und ich habe es zigmal durchgekaut.
Und hab es total logisch und in Ordnung
gefunden.

Also neuer Ansatz. Will ich mal sagen.
Bangemachen gilt nicht.
Ich bin nämlich eine Analytikerin.
Auch wenn sich das vielleicht blöd anhört.
Erst recht, wenn eine Siebzehnjährige das
schreibt.
Oder denkt.
Ich würde das auch jederzeit laut sagen.
Überall. Da kenne ich nix.
Und - falls jemand auf die Idee kommen sollte -
da gibt es nichts zu lachen.
Rimbaud war mit 17 fertig mit der Welt.
Ich fange jetzt erst an.
Und ich werde sie gründlich zerlegen.
Das kann ich euch versprechen.
Soll aber keine Drohung sein. Ich sags nur mal
so.
Aber mit wem rede ich überhaupt?
Mit mir natürlich.
Also, Lissa: Ich werde die Welt gründlich
zerlegen.
Okay, Lissa: Mach das mal.

Meinen Segen hast du.
Meinen Segen hab ich.
Also los dann.

Nochmal.
Die Sache mit meiner Großmutter ist die:
sie hat John und Melli sitzen lassen, da war
Melli mal gerade zwei Jahre alt. Ist einfach
abgehauen.
Als John dann rausgefunden hatte wo sie hin
ist, hat er schüchtern nachgefragt.
Was denn nun mit Melli werden sollte.
Keine Antwort. Auch später nicht.
Ich denke, er wird weiter schüchtern
nachgefragt haben. Bis er die Hoffnung
aufgegeben hat.
Das alles reime ich mir so zusammen.
Was ich weiß, ist, dass es Melli, als sie älter
wurde, auch versucht hat.
Keine Antwort. Nichts.
Meine Großmutter muss schon ein ziemliches
Biest gewesen sein.
Und, ich mache mir da gar nichts vor,
wahrscheinlich ist sie es noch.
Aber genau darum geht es. Ich möchte es
wissen. Ich will es für mich selber

herausfinden.

Helen heißt sie. Und sie ist Amerikanerin.

Ein Jahr älter als John.

Sie hat als Model gearbeitet.

Nichts besonderes, soweit ich gehört habe,
Jeansmode, eher so Gelegenheitsjobs,
Nacktfotos soll sie auch gemacht haben.

Sie hat wahrscheinlich alles gemacht.

Jedenfalls hat sie John nach Strich und Faden
betrogen. Und dann ist sie abgehauen. Das
mit dem Muttersein, das war wohl nichts für
sie.

Nach München ist sie gegangen.

Hat weitergemodelt, später dann eine Kneipe
aufgemacht, die zur In-Kneipe wurde, immer
noch ist, und bis vor kurzem hat sie die Kneipe
auch noch geführt.

Dann hatte sie einen Schlaganfall.

Seitdem ist sie halbseitig gelähmt und sitzt im
Rollstuhl, in einem Pflegeheim in Füssen.

Und mit dem Kopf und mit dem Sprechen
geht es auch nicht mehr so. Da hat sie auch
ganz schön was abgekriegt.

Das alles stand in dem Brief. Der an John
gerichtet war. Und der hat ihn Melli gegeben.
Die hat ihn rumliegen lassen, und ich habe ihn
gelesen.

Damit ging der Schlamassel los.

Ich hab die beiden darauf angesprochen, John und Melli, ich hab gesagt 'lasst uns doch mal da hinfahren'.

Nee! Das wollten sie nicht.

Nicht, dass es eine grundsätzliche Ablehnung wäre, aber sie bräuchten Zeit.

Und gut, das konnte ich auch verstehen.

Aber das ist jetzt drei Monate her. Und sie wollen immer noch nicht.

Ich hab gesagt 'wir könnten doch mal über ein verlängertes Wochenende ...'

Aber - nein. Und ich kann sie immer noch verstehen. Sie haben mit Helen abgeschlossen. Nicht, dass sie sie vergessen hätten. So etwas vergisst man nicht.

Gerade für John wird es schlimm gewesen sein. Das ist ein Schmerz, der bleibt ein Leben lang. Dass sie ihn betrogen hat, und dann auch noch verlassen, das wird ihm einen Knacks gegeben haben, für Jahre wahrscheinlich, wahrscheinlich für immer.

Das reime ich mir wieder zusammen.

Aber es wird schon stimmen.

Auch das mit Melli.

Obwohl, mit Melli, das ist nochmal eine ganz spezielle Sache.

Also: Melli.

Melli ist voll in Ordnung.

Obwohl sie eine alleinerziehende Mutter ist.

Die sind der totale Stress. Normalerweise und erfahrungsgemäß.

Melli nicht.

Das liegt vielleicht auch an John.

Und an mir.

Logo, ey. Hihi!

Weil ich so gut bin. So übermenschlich gut.

War. Ach, Scheiße - ja.

Ich muss mal ne Runde brüten.

Ich brauch das manchmal.

Also: Melli und John bilden eine Einheit.

Das ist kein Wunder, wenn man ihre Geschichte kennt.

Das heißt aber nicht, dass sie ständig aufeinanderhocken.

Im Gegenteil. Ich seh John viel öfter als Melli das tut.

Aber die beiden verstehen sich blind.

Vielmehr: Mit einem Augenaufschlag.

Oder Schulterzucken. So ganz leicht. Kaum sichtbar.

Das mich ausschließt.

Das war früher so, und bei der Sache mit

Helen jetzt wieder.
Gestört hab ich mich nie daran.
Ich hab mit beiden meine eigenen
Geheimnisse.
Das ist so.

Melli.
Melli, Melli - es tut mir so leid.
Aber es muss sein.
Ich muss mein eigener Mensch werden.
Das ist so.

Melli arbeitet in einem großen Verlag.
Dort verdient sie genug für uns beide.
Das ist ja schonmal cool.
Melli ist aber auch ein Arbeitstier.
Mordsmäßig. Und bewundernswert.
Ich bin aber genauso.

Melli ist total verkorkst.
Das ist sie wegen Helen.
Melli kann nicht mit Männern.
Das heißt. Kann sie schon. Und wie.
Melli sieht gut aus. Immer noch.
Obwohl sie - oh - 44 jetzt ist.
Stolzes Alter. Aber. Egal.
Also, verkorkst ist sie wegen Helen.

Oder wegen John. Weil Helen ihn immer betrogen hat.

Das hat Melli nicht verknusen können.

Sie hat das auf die Männer übertragen.

Also irgendwie umgedreht.

Sie hat sich gesagt: Männern kann man nicht trauen.

Weil man Helen nicht trauen konnte.

Sie vertraut nicht dem anderen Geschlecht.

Also ist sie bei keinem Mann geblieben.

Weil sie kein Vertrauen hat.

Sie hat das nicht auf die Reihe gekriegt.

Bis heute nicht.

Und sie wird das nie. Schätze ich mal.

Und ich sage das, weil ich eine Analytikerin bin.

Ich hab das vorhin schon gesagt.

Und ich sage es bestimmt noch ein paar mal.

Weil ich stolz darauf bin.

Alles Beobachtungsgabe.

Eine große Beobachterin bin ich auch.

Arme Melli.

Ein Kerl nach dem anderen.

Eine Nacht, zwei Nächte, höchstens drei.

Und Tschüss!

Ganz schön Scheiße ist das.

Und jetzt auch noch ich.

Bruce wär da noch.

Aber was heißt noch.

Bruce ist sehr da.

Bruce ist auch Familie.

Johns bester Kumpel.

Bruce ist kohlrabenschwarz.

Tiefste Südstaaten.

Georgia.

Bruce und John haben in Woodstock nebeneinander gesessen.

Das sagt wohl alles.

Dann haben sie drei Jahre in New York gehaust. Bronx.

Dort haben Sie auch Helen kennengelernt.

Und John und Helen haben geheiratet.

Ich hab Bruce mal über Helen befragt.

Die hatte so einen Zug um den Mund, der hätte ihm nicht gefallen. Hat er gesagt.

Den hätte man zwar noch nicht sehen können, aber er war da.

Ob er heute wohl zu sehen ist, frage ich mich.

Dass Bruce den gesehen hat, wundert mich kein Stück.

Bruce sieht sowas.

Der weiß auch, dass ich unmöglich bin.

Möglicherweise unmöglich.

So sagt er. Weil er höflich ist.

Ein bunter Käfer soll ich sein.

Aus dem Sumpf. Eine Sumpfblüte.

Okefenokee. Das ist der Sumpf wo er herkommt.

Okefenokee.

Der Name ist einfach geil.

Bruce ist Bluesmusiker.

Ich glaube, so Bluesmusiker, die verstehen eine Menge.

Von Dingen und Menschen und dem ganzen Drum und Dran.

Bruce ist mit John nach Deutschland gekommen.

Und jetzt wohnen sie auch zusammen.

In der kleinen Wohnung hinter dem Antiquariat.

Das sollte eigentlich nicht sein.

Doch John konnte sich keine Wohnung mehr leisten.

Und dann hat die Hausverwalterin ein Auge zugedrückt.

Die ist nicht nur schön, sondern auch nett.

Hatte John damals gesagt.

Daran kann ich mich noch erinnern.

Das hat Eindruck auf mich gemacht.

Weiß auch nicht warum.

Aber irgendwie hab ich mir vorgenommen auch so zu sein. Schön und nett.

Klingt erstmal langweilig. Aber wenn man schön ist kann man es sich leisten.

Und das ist dann wieder cool.

Ja. Und jetzt leben John und Bruce in der kleinen Wohnung da.

Die haben es sich richtig gemütlich gemacht.

Und Bruce spielt und singt.

Und ich hör ihm zu dabei.

Und das ist einfach wunderbar.

Wegen Bruce liebe ich den Blues.

Howlin' Wolf und die ganzen Jungs.

Und wenn Bruce Kohle braucht, zieht er durch die Clubs. Auch weiter weg.

Und überall ist er willkommen.

Bruce ist aber auch unglaublich gut.

Und ich glaube, ohne das Geld, das er verdient, wäre John aufgeschmissen.

Das ist furchtbar traurig.

Aber so ist das heutzutage.

Mit Antiquariaten ist kein Geld mehr zu verdienen.

Wenn man nicht nebenher im Internet verkauft.

Aber das will John nicht. Aus Prinzip nicht.

Ich hab schon Menschen aus Prinzip verhungern sehen.

Das ist, was Melli dazu sagt.

Furchtbar traurig.

Aber Bruce ist ja da.

Bruce spielt und singt den Blues.

Patrick!

Patrick darf ich nicht vergessen.

Und werde ich auch nicht.

Ich liebe Patrick.

Und Patrick liebt mich.

So einfach ist das. Und so klar.

Ich hab mir überlegt, ob ich Patrick einweihen sollte.

Damit ich jemanden hab, bei dem ich mich melden kann.

Falls was ist.

Aber das macht keinen Sinn.

Wenn Melli den in die Mangel nimmt, kippt er um.

Das dauert keine fünf Minuten.

Außerdem: wie peinlich ist das denn!

Einen Notanker auszuwerfen.

Hab ich das nötig?

Hab ich nicht.

Ich bin eine Abenteurerin.

Ich bin DIE Abenteurerin.

Basta. Aus. Ende. Feierabend.

Und nun muss ich nachdenken gehen.

Ab in die Koje, Leichtmatrosin Lissa!

Aufwachen!
Es ist ein neuer Tag.

(Nachdenkungen)

Ich bin noch nicht los, schon stecke ich fest.
Chaos pur.
Wie in einem Sumpf. Bis über beide Ohren.
Da muss etwas geschehen!
Auch, um Ordnung in meinen Wust zu
bringen.
Also:
Ich werde etwas erfinden.
Eine Kategorie.
Und ich werde sie Nachdenkungen nennen.
Das ist wie Betrachtungen, Beobachtungen,
Anmerkungen.
Nachdenkungen soll das sein, was von mir
heraus kommt. Von ganz tief drinnen.
Worüber ich zu grübeln habe, worüber ich mir
Gedanken mache.
Etwas mit ganz vielen Ausrufungszeichen!!!!
Also lege ich gleich los.
Mit Nachdenkungen Nummero 1.
Aber ich werde sie nicht durchnummerieren.
So viel Ordnung brauch ich nun auch wieder
nicht.

Worum es mir geht?

Ich bin zu schön.

Da gibt es nichts zu lachen.

Auch wenn ich eben mal kurz glucksen
musste.

Es klingt ja auch wirklich zu blöd.

Ich bin zu schön.

Schön sein ist wie ein Etikett. Du bist schön. Er
ist schön. Sie ist schön. Ein schöner Mensch.
Na und? Schön sein kann jeder. Ist ganz
normal. Ist tatsächlich so.

Ich denke mal, es gibt genausoviele schöne
Menschen wie es gewöhnliche Menschen gibt,
Nichtssagenden.

Halt!

Nichtssagend können sowohl schöne wie
gewöhnliche Menschen sein.

Und dann gibt es ja noch die Hübschen.

Und die Hässlichen. Und die ganz Hässlichen.
Die ganz Hässlichen sind wie die ganz
Schönen. Etwas Schockierendes. Da schaut
man hin. Und schaut gleich wieder weg.

Ich weiß es ja nicht. Aber ich denke mal, bei
den ganz besonders Hässlichen ist es wie bei
mir.

Jungs und Männer schauen mich an. Und ganz
schnell wieder weg.

Schönen und auch hübschen Mädchen,
meinetwegen auch Frauen, würden sie

stundenlang hinterherblicken. Auf die Beine,
auf den Po, auf den Busen.
Solche Blicke spüre ich nie.
Weil die Jungs und die Männer mir zuerst ins
Gesicht schauen. Und dann sind sie
geschockt.
'Die ist zu schön', denken sie, 'viel, viel zu
schön.'
Obwohl ich vermute, dass sie gar nicht
denken.
Es ist auch keine Angst oder so. Etwa, dass sie
denken - 'Oh Gott! Mit der möchte ich mich
nie im Leben einlassen wollen, wie sähe ich
denn aus neben der, wie ein abgewetzter
Flohzirkus!'
Nee! Ich glaube, sie schrecken vor dem Extrem
zurück. Einer eingebauten Scheu vor dem
Extrem.
Weswegen auch die ganz besonders
Hässlichen gemieden werden. Auch da schaut
man gleich wieder weg.
So wie bei mir.
Hey Leute, das ist doch nicht schön!
Ich bins doch, ich - die Lissa!
Aber es gibt Ausnahmen. Zum Glück.

Grundsätzlich mal!

Mit 17, das ist das einzig wahre Alter zum Abhauen.

Mit 18 ist es zu spät.

Dann wäre es kein Abhauen mehr.

Mit 18, da hätte es fast schon was von einer offiziellen Reise.

Das fänd ich blöd.

Außerdem, mit 18, da wäre es eine Entscheidung.

So ist es ein Entschluss.

Jawohl. Ein Entschluss.

Ein Entschluss ist eine Stufe höher.

Eine Bauchentscheidung.

Was für ein Quatsch.

Das sind Haarspaltereien.

Ich liebe Haarspaltereien.

Damit habe ich noch alle auf die Palme gebracht.

Mich selber auch.

Und jetzt sitze ich ganz oben.

Jetzt. Genau jetzt.

Und schmeiße mit Kokosnüssen.

Oder so.

Ich habe einen Entschluss gefasst, der eine Entscheidung herbeiführte.

Ja. So.

Und mit Kokosnüssen schmeißen ist bestimmt nicht das Verkehrteste.

Ich sollte das unbedingt mal ausprobieren.
Das könnte noch ein Entschluss werden.
Aber der kommt später. Später erst.
Viel, viel später.
Außerdem habe ich ein Ziel.
Ein Ziel?
Ja ···
Überlegen ···
Ich könnte bis zu den großen Ferien warten.
Dann wärs aber kein Abhauen mehr.
Und abhauen will ich.
Und abhauen soll ich.
Lissa! Nur nicht schwach werden!

Ich muss das mal analysieren!

Alsooo ···

Es hat mich genervt, dass Melli und John den
Besuch bei der Oma immer wieder
rausgezögert haben.
Aber ich hätt ja warten können.

SO –
ist die Sache mit der Oma doch nur
vorgeschoben.
Ein Vorwand.

ALSO -
Es geht um mehr.
Es geht um mich.
Vorsicht!
Keine Überheblichkeiten.
Wahr bleibt es doch.
Woran denkt der Mensch zuerst?
An sich.
Und dann meldet sich das Gewissen.
Und das sagt:
Aber die Melli ···
und der John ···
der Bruce ···
und der Patrick ···
Die haben dich lieb.
Und die werden sich Sorgen machen.
Scheiße!

Analysieren!

Es ist so.
Da beißt die Maus kein Faden ab.
Und doch.
Das 'und doch' wiegt verdammt schwer.
Ungefähr so wie der Kran dort drüben.
Dort hinten. Schwarz am Horizont.
Reckt einen drohenden Arm in den Himmel.

So verdammt schwarz.
Wie mein Gewissen.
Nee. Meine schwarze Seele.
Und mein Gewissen pocht.
Und doch.
Ein Mensch muss Entscheidungen treffen.
Und irgendwann wiegen die so schwer.
Wie der Kran.
Mensch Lissa! Das hättest du dir bei deiner
Geburt nicht träumen lassen.
Nee.
Aber ich habe mich entschieden.
Und nun brauche ich einen Plan.
Und ganz viel Entschlossenheit.

(Nachdenkungen)

Als ich klein war, so fünf Jahre vielleicht, da
wollte ich gaaaanz tief in die Zukunft blicken
können.
Dass es ein Heute gab, ein Morgen und ein
Übermorgen, das wusste ich.
Dass es ein Überübermorgen gab, wusste ich
wohl nicht. Weil, bei mir ging es dann mit
Lilamorgen weiter, dann kam Lachmorgen,
und schließlich Dropsmorgen. Und das war

soooo weit weg, dass mir ganz schwindelig
wurde.

Ich! Lissa!

Abhauen ist das. Ja.
Eine Flucht ist das. Ja.
Aber wenn ich abhaue, dann fliehe ich vor
nichts und niemandem.
Ich fliehe in mich hinein.
Ah! Das ist ein kluger Gedanke. Hey!
Du bist echt klasse, Mädchen.
Du bist eine große Denkerin.
Eine Abenteurerin bist du. Wirst du sein. Ja.
Und jetzt fahre ich nach Blankenese an den
Strand. Und denke nach.

(Blankenese)

Blankenese ist geil.
Ich mag die vielen Treppen, Ausblicke.
Immer anders. Immer neu.
Steile Treppen.
Und der Fluss.
Ich mag den Fluss.

Ich mag alle Flüsse.
Und das Meer.
Das ist Freiheit.
Alle Flüsse sind frei.
Sie fließen.
Lassen sich nicht aufhalten.
Egal ob der Mensch sie zwängt. Einzwängt.
Eindämmt.
Dann gibt es eben eine Überschwemmung.
Ha!
Ihr kriegt mich nicht klein. Ich bin frei.
Und ich fließe dorthin, wo die Freiheit erst
richtig beginnt. Ans Meer.
Das Meer ist die richtige Freiheit.
Ich brauch nur ans Meer zu denken, schon fühl
ich
mich frei.
Das ist eine Nachdenkung wert.
(Memo: für später aufheben! Freiheit. Meer.)
Die Elbe ist aber auch nicht schlecht.
Weil das Meer herangerückt ist.
Das Meer zum Fluss. Der Fluss zum Meer.
So ist das. Ein Übergang.
Ein ganz eigentümlicher Reiz.
Man spürt das irgendwie.
Wie eine Erwartung.
Eine Erwartung auf etwas ganz Wunderbares.
Das sich hier ereignet.
Dabei: Es muss nicht großartig was geschehen.

Es ist einfach da.
Es sitzt unten im Schlick fest.
Und wartet auf mich.
Und der Wind bläst. Heftig.
Im Wind bläst es sich, bläht es sich auf.
Kommt vom Meer, kommt vom Himmel.
Stößt auf mich herab.
Wie eine Möwe.
Möwen liebe ich auch.
Die sind wild. Die sind schlau.
Frei sind sie auch. Sowieso.
Kein Vogel ist so frei wie eine Möwe.
Krähen vielleicht. Doch. Krähen auch.
Frei. Frei.
Was Freiheit wohl ist?
Aber so richtig.
Bin ich frei?
Ich fühle mich frei.
Jetzt. Hier. Wo ich am Strand stehe.
Und der Wind bläst.
Und wenn ich will, bläst er mich fort.
Aber nur, wenn ich will.
Ah, es riecht ... es riecht so saumäßig nach
Modder und Schlick.
Oah! Ich mag gar nicht dran denken, was da
alles drinne steckt.
Aber es riecht. Es riecht so frei.
Auch der Modder ist frei.
Alles ist frei, wenn ich es will.

Auf mich kommt es an.
Auf mich alleine.

(Nachdenkungen)

Meine Gedanken
sind wie ein Fluss
der strömt durch alle Länder
der strömt durch viele Landschaften
zwängt sich durch Schluchten
öffnet sich zu Wiesen
Feldern
öffnet sich
zum Meer
wo die große Weite
ihn erreicht

Meine Gedanken
die wie ein Schwarm
von Gänsen sind
schwirrend aufsteigen
einem Ziel entgegen
ihnen allein
ist es bekannt
ich
möchte es wissen

wollte sie begleiten
auf ihrer Reise

Ich sitze
und betrachte
das feine Rund
der Kieselsteine
die mir
die Augen verweichen
ihre feinen Äderungen
die mir
Wegschatten sind
WegWeise

(immer noch Blankenese)

Ich geh glaub ich erstmal in die Strandbar. Ich
hab Durst.
Einmal quer durch Hamburg gefahren.
Aber es lohnt sich.
Ich hab mir das extra so ausgeguckt.
Ich mag Blankenese total.
Hier kann ich nachdenken.
Die Strandbar ist sauteuer.
Hier ist alles sauteuer. Egal. Für jetzt mal.
Sanddornsaft. Mag ich total gerne.
Erinnert ans Meer. Fällt mir grade ein.

Gibt's dort auch überall.

Freiheit. Meer.

Es ist der Wahnsinn.

Wann ist man denn frei?

Wenn einem alles egal ist?

Eigentlich kann einem nie alles egal sein.

Irgendwas ist immer.

Und wenn man ans Essen denken muss.

Aber mal angenommen ich wäre Robinson.

Auf der Insel gibt es alles. Genug zu essen und so.

Schön warm. Schönes blaues Meer. Keine Haie.

Hihi!

Das ist wichtig. Haie wären echt doof.

Aber es wird einem schnell langweilig.

Ich meine - so ohne Haie und ohne alles.

Ist Freiheit langweilig?

(Memo: Wichtige Erkenntnis.

Freiheit ist langweilig.)

Ja. Ich glaub schon.

Und darum hat der liebe Gott den Trouble in die Welt gesetzt.

Ich glaub zwar nicht an den lieben Gott, aber irgendwer wirds schon gewesen sein.

Und jetzt hängt man da irgendwo dazwischen.

Zwischen Freiheit und Action sozusagen.

Und die Action ist nicht immer schön.

Da muss man einen Ausgleich finden.

Und wenn ich den Ausgleich gefunden habe,
bin ich genial.
Aber erst dann.
Also, Mädchen - streng dich an.
(Memo: Ziel vor Augen.
Lissa möchte genial sein.)

(Nachdenkungen)

Die Welt gibt Rätsel auf.
Der Welt Fragen stellen.
Die Welt bin dann ich.
Und wenn ich auf jede dritte Frage eine
Antwort finde, bin ich gut.
Glaub ich aber nicht.

(Rückfahrt)

Ich steig in die S-Bahn ein.
Da sitzt so ein schwarzer Junge.
Der sieht mir sympathisch aus.
Fast schon süß.
Das verkneife ich mir.
Ich setz mich ihm gegenüber hin.
Er hört Musik.

Schaut auf. Lächelt.

Das ist ja wohl das Mindeste.

Ich tu so als ob.

Hole mein Analysebuch raus.

Nee. Erst mach ich das Fenster auf.

Es ist warm.

Er schaut auf. Sagt aber nichts.

Ich lese.

'Warum Liebe weh tut'.

So heißt das Buch.

Völliger Quatsch.

Liebe tut nicht weh.

Liebe bereitet Schmerzen.

John ganz sicher.

Melli vielleicht.

Mir ganz sicher nicht.

Ich bin überlegen.

Ich lese es trotzdem.

Ich werde es bis zum Schluss weiterlesen.

Und schiele ein wenig.

Er schielt auch.

Ich lese. Und schiele.

Er hört Musik. Und schielt die ganze Zeit.

Irgendwo vor Barmbek macht er das Fenster dicht.

Weichei! Sage ich.

Einfach so. Fiel mir so ein.

Er lacht. Und deutet nach oben.

Es hat angefangen zu regnen.

Und ihm durchs Fenster quer ins Gesicht.
Oh, sorry! Sage ich.
Er lacht. Und äugt.
Ich äuge zurück.
Mehr aber nicht.
Er steigt wie ich in Wellingsbüttel aus.
Sollte ich?
Nö. Er tut ja auch nicht.
Es verläuft sich so.

(ich halluziniere)

Ich hole mir etwas aus der Kindheit herbei.
Eine Geschichte.
'Wir hatten gerade die Ampel erreicht.'
Ich kann mich an der Ampel stehen sehen.
Doch wen noch?
Ich habe 'wir' geschrieben.
Ich sehe sonst keinen.
Wortfetzen.
Da war eine Spindel.
Die sich mit Wasser füllte.
Eine
Pfütze
Wasser.
Sein.

Wie kann das sein?

Und schon ist das Bild wieder verschwunden.
Nein. Da war doch die Ampel.
Ein Sonnentag. Bunte Farben.
Die Menschen sommerlich gekleidet.
Der Zebrastreifen.
Frisch gestrichen das leuchtende Weiß.

Die Ampel springt auf Grün, und wir gehen.
Melli, John, und ich.
Ich schreibe einfach weiter.
Ich erzähle.
Ein Wort fügt sich zum anderen.
Schon habe ich eine Geschichte.
Und spinne mich weiter fort.

Drehe mich, kreisel.
Wie eine Spindel.
Die sich Tropfen für Tropfen mit Wasser füllt.

(Nachdenkungen)

All around midnight
oder so
ich hab Melli
ne Flasche Wein geklaut

Melli ist unterwegs
die Liebe
und der Mann
so nutzlos
und so wohlerzogen
liberale Scherze
über meine pinken Haare
wie ausgeliehen
na Melli
viel Spaß damit
ich
lass es klingeln
und denke nach
und halte mich traurig
bei den Händen
das ist witzig
mit sich selber Händchen halten
es ist doch wahr
man sollte sich sehr genau überlegen
was man mit Menschen anrichtet
so ein menschliches Herz
das ist die reinste Sonnenfinsternis
und jetzt bin ich doppelt traurig
die Flasche ist leer
und nichts bleibt
bis zum Rest
wie das Leben so fließt
und Herzen verfließen
Stunde um Stunde

wie Fische
die um Laternen treiben

(ich bin stur)

Und wenn es mir zehnmal das Herz
auseinanderbricht.
Ich verbiege mich nicht.
Ich bin frei.
Ich bin immer frei gewesen.
Da können Kaulquappen vom Himmel regnen.
Na und?
Es haben sich schon Störche an Windeln
verschluckt.
Ich bin.
Ich bin ich.
Und ich bin stur.
Und ich bin eigensinnig.
Und ich bin frei.
Und ich werde noch mehr frei sein.
Dort draußen.
Der Mond grinst immer.
Irgendwo.
Mit seinem schiefen Gesicht.
Und ich grinse zurück.

(Praktisches)

Erst hab ich mir überlegt das Handy ganz da
zu lassen.
Wo ich ja sowieso niemandem was sagen will.
Aber ist ja Quatsch.
Ohne Handy geht gar nichts.
Wer weiß, was unterwegs los ist.
Notfälle, Katastrophen aller Art. Nö. Lieber
nicht dran denken.
Aber das Alte bleibt hier.
Ich kauf mir ein Neues. Eines, dessen Nummer
niemand kennt.
Ja. So wirds gemacht.
Wahrscheinlich wird ständig der Akku leer
sein.
Egal.
Das muss ich drauf ankommen lassen.
Und wer weiß ...
Ich weiß es nicht.
Also - Handy kommt mit.
Und die Kladde, die ich jetzt angefangen
habe.
Die natürlich! Gaaaanz wichtig!!!
Ich schreibe alles auf.
Alles, was geschieht.
Alle meine Lissa-Gedanken.
Nachdenkungen. Alles.

Es wird eine große Sause werden.
Mindestens.
Die Kladde hat ein Format von 13,5 x 21,5
Zentimeter, schwarzer Einband. Genau richtig.
Gut unterzubringen.
Meine EC-Karte kommt mit.
Zum Glück habe ich eine. Melli sei Dank.
Da muss ich bös drauf achtgeben.
Aber eigentlich habe ich mir vorgenommen
ohne auszukommen.
Das schreibe ich jetzt hier nochmal hin.
Damit ich es nicht vergesse.
Ich schnorre mich durch.
Das sollte mir doch gelingen.
Und sonst?
Nur eine Umhängetasche.
Nur das Allernotwendigste.
Kein Ballast.
Ich komme zurecht!
Ich komme zurecht!!
Ich komme zurecht!!!
Und Punkt. Punkt.

(und gut)

Angst.
Habe ich.

Wie vor einem Mathe-Test.
Würde ich mal sagen.
Mehr ist das nicht. Nein.
So ein Grummeln im Bauch.
Und den Kopf schalte ich jetzt einfach weg.
Morgen geht es los.
Wenn ich unterwegs bin, bin ich unterwegs.
Der Satz ist schlauer als ich denken kann.
Weil, wenn ich unterwegs bin, wird es nichts
anderes als dieses Unterwegs mehr geben.
Dann wird etwas geschehen.
Und es wird nur noch das Geschehen geben.
Aber irgendwie dreh ich mich im Kreis.
Hab ich so das Gefühl.
Ich geh schlafen.
Und weinen.
Nee. Tu ich nicht.
Und gut.

(Nachdenkungen)

Vor dem Aufbruch.
Fratzen.
An den Wänden.
Ringsum.
Sehr viel Grün.
Die Bäume sind gefräßig.

Melli werkelt in der Küche.
Eine Viper ringelt sich auf dem Fensterbrett.
Meine Hand ist wie eine geöffnete Rose.
Wenn ich sie schließe ...
Wolkenstimmige Augen im Spiegel.
Das bin ich.
Die Haare tiptop.
Wird eine ganze Weile vorhalten.
Die Dusche.
Das Wasser.
Hoffnung und Beschwörung.
Regen.
Das ist.
Heute soll es Regen geben.
Ich werde erblühen.
Also mindestens.

(Richtung Elbbrücken unterwegs)

Straßengeräusche bei Regen.
- zasch, zasch, zasch -
Oder auch ein durchgezogenes
- zaschzaschzaschzasch -
bei hohem Verkehrsaufkommen.
Dann wieder gemächlicher.
- zasch, zasch, zasch -
Oder auch:

- tschschschtschschtscht -
Wenns heftig wird.
Ein paar ganz sportliche ohne Kopfbedeckung
gibt es immer.
Einer, der hat sich die Sonnenbrille hoch ins
Haar geschoben.
Cool, ey – es gießt seit Stunden.
Der ganze Nordpol regnet sich bei uns ab.
Irgendwo muss das geschmolzene Zeug ja hin.
Manche Leute sind echt bescheuert.
- zisch, zisch, zisch -
Ab und an mal
- wrrrrrrrrummmm! -
Ein LKW.
Oder auch:
- tucker-tucker -
Kommt aber sehr selten vor. Es gibt nicht
mehr so viele Enten. Im Tacka-Tucka-Land.
Ein großes
- zschrrrrrrrrrrrrrr! -
Das war ein Bus.
Scheiße, ey!
Nun bin ich gladdernass.
Und ausgerechnet heute muss ich los.
Mal wieder typisch für mich.
Typisch! Typisch!
- tscha-tschamm, tscha-tschamm -
Zwei große BMW hintereinander.

Der Regen beginnt nachzulassen.
Nö. Das schien eben nur so.

Ich geh da so längs, und die Elbbrücken
rücken immer näher.
Und mein Herz sackt in sich zusammen.
Als obs den ganzen Regen aufgeschwämmt
hätte.
Ich halte sowas wie einen Daumen raus.
Der kommt mir vor wie ein Fausthandschuh.
Aufgeschwämmt.
Was für ein herrliches Wort.
Wenigstens kann ich noch denken.
Und ich freu mich sogar über das Wort.
Im Regen.
Tanzen sollte ich.
Sollte ich nicht?
Mal versuchen.
Vielleicht hält dann ja einer an.
Ich bin ein Teddybär.
Ein aufgeschwämmter Teddybär.
Und fühle mich so sehr ...
so sehr ...
Nass.
Aber nicht verloren.
Ich doch nicht.
Ich habe ein neues Wort gefunden.
Nee.
Neu wird es wohl nicht sein.

Aber für mich.
Und für alle Zeiten.
Eine Erinnerung.
Und die wird denkwürdig sein.
Das kann ich euch schwören.

(Knut)

Ein Brummifahrer hat Erbarmen.
Der Laster kommt neben mir zum Stehen.
Der Regen dampft.
Und ich dampfe mit.
Die Tür schwingt auf. Ich steig ein.
Ich bin die Lissa, sag ich, und strecke ihm die
Hand entgegen.
Die er ignoriert.
Ich bin aber auch sowas von kladdernass.
Statt Händchen zu geben klaubt er ein Schild
von der Frontscheibe und hält es mir hin.
Knut.
Er nickt.
Habe die Ehre.
Freut mich, sage ich.
Dich sollte man auswringen.
Schüttelt kurz den Kopf, gluckst, und fährt los.
Die Jacke kannst du einfach hinten rein
werfen.

Coole Idee.

Ich schüttel mich. Streich mir durch die Haare.

Er schaut zu mir hin.

Ui Uiuuuu, pfeift er durch die Zähne.

Anerkennend.

Das gilt meinen Haaren.

Und sonst so.

Keine Nebengeräusche.

Nach Anmache klingt das nicht.

Einfach nur so. Einfach so.

Und? Frage ich. Stell das in den Raum.

Ich hab schon hässlichere Beifahrer gehabt.

Danke für die Blumen.

Knut ist voll in Ordnung.

Er hat nen dicken Container hinten drauf.

Den fährt er nach Bremerhaven.

Lädt ab. Lädt auf.

Dann geht es weiter nach Osnabrück.

Von dort nach Rotterdam.

Weiter weiß er noch nicht.

Warum denn der Container nicht von
Hamburg aus in See geht, will ich wissen.

Er zuckt mit der Schulter.

Nicht mein Job. Weiß ich, was die dicken Pötte
für Routen nehmen?

Ich hab auch keine Ahnung.

Knut lacht mich aus.

Ich erzähl ihm von meiner Oma.

Nicht die ganze Geschichte.

Nur, dass ich sie besuchen will.
Ich kann dich in Bremen an der Raststätte
rauswerfen.
Ich bin am Überlegen.
Ich überlege sehr angestrengt.

(auf der Autobahn Richtung Bremen)

Hab ichs mir nicht schon überlegt?
Freiheit, das ist das Meer. Und die Möwen.
Und ein größerer Vogel noch.
Der schweift um die ganze Welt.
Und dieser Vogel bin ich.
Und Schweifen, das ist Abschweifung auch.
Einfach tun was einem in den Kopf fällt.
Und mir ist ein Gedanke in den Kopf gefallen.
Wie ein Eurostück ins Sparschwein.
Aber genau so.
Ich werde mich abschweifen lassen.
Wann immer es mir gefällt.
Und es gefällt mir so.
Rotterdam wäre doch cool.
Rotterdam ist wie Hamburg.
Aber es liegt direkt am Meer.
Da will ich hin.
Knut wird sich wundern.
Wo ich ihm doch gesagt hab, dass ich zu

meiner Oma will.
Aber das wird sich finden.
Nach und nach.
Erstmal Bremerhaven.
Mönsch! Das liegt ja auch am Meer!
Cool. Cool. Obercool.
Lissa! Du großer schweifender Vogel!
Wie auf Socken über die Autobahn.
Wo die Kühe und die Windräder grasen.
Gras fressen. Und Wind ernten.
Und mit Regengüssen um sich werfen.
Verschwenderisch. Verheißungsvoll.
Voll das Entzücken.
'Besucht uns mal, besucht uns mal - im fernen
Kanada ...'
Ich träller so vor mich hin.
Guck nicht, Knut. Ich mein das ernst.

(Raststätte Hollenstedt)

Jetzt gibt's die Auswring- und Pinkelpause.
Ich hab beides nötig, Knut nur das Pinkeln.
Meine Haare sind okee.
Danach Kaffee und Bockwurst.
(Memo: mich von Fernfahrern zum Essen
einladen lassen)
Ich hab das totale Unwirklichkeitsgefühl.

Als ob ich aus der Welt gefallen wäre.
Bin ich auch.
Richtiger: ich hab mich aus meiner Welt fallen lassen.
Das kommt schon eher hin.
Ich frag mich, ob ich mich Scheiße fühlen soll.
Ich fühl mich Scheiße.
Muss wohl laut gesprochen haben.
Ist schon klar, sagt Knut, du hättest einen besseren Start verdient gehabt.

(Nachdenkungen)

Ich denke an Erdbeerkuchen.
Die Bockwurst war edel.
Ich meine das so, wie ich es sage.
Ich habe mit Knut eine Bockwurst gegessen.
Andersrum:
Knut hat mir eine Bockwurst ausgegeben.
Das ist eine Ehre.
Er hat mich akzeptiert.
Er hat mich angenommen wie ich bin.
Ein dummes Kind.
Das ich bin.
Und betrachtet mich doch als Menschen.
Und nimmt mich ernst.
Das ist ganz wichtig.

Menschen ernst zu nehmen.
Ich nehme Knut auch ernst.
Was hab ich denn bisher gedacht über
Fernfahrer?
Gar nichts.
Und wenn ichs mir jetzt überlege?
Bockwurst essen.
Und es brauchte nichts gesagt zu werden.
Wir haben am Tisch gesessen. Kaffee
getrunken. Bockwurst gegessen. Und
geschwiegen.
Ob Knut Erdbeerkuchen mag?
Er hat seinen Job.
Einen Termin einzuhalten.
Eine ernste Sache.
Ernst genug auch für mich.
Das habe ich begriffen.

(ich treffe eine Entscheidung)

So, nun hab ichs ihm gesagt. Knut.
Dass ich mit ihm mitkommen werde.
Gleich bis Rotterdam.
Geht klar, hat er gesagt.
Aber gemeint, dass es mir langweilig sein wird.
Gefreut hat er sich aber.
Ich hab es ihm angesehen.

Er mag mich.

Und ich mag ihn.

Also. Geht doch alles klar.

Und langweilig wird es mir bestimmt nicht werden.

Wo ich doch so gar nichts kenne.

Ich weiß doch nichts von der Welt.

Die Knut-Welt werde ich jetzt kennenlernen.

Und darum, und auch grundsätzlich, meine Entscheidung.

Meine neue Entscheidung.

Ich bin eine Abenteurerin.

Das ist die Ausgangsposition.

(hihi - schön gesagt)

Und weil das so ist, heißt es Abenteuer zu erleben.

Die kommen von alleine.

Die brauche ich nicht zu suchen.

Da sind Gelegenheiten.

Knut ist eine Gelegenheit.

Der folge ich.

Aus einem Impuls heraus.

Und so soll das weitergehen.

Von Tag zu Tag.

Gelegenheit. Impuls. Und so fort.

Das heißt Gelegenheiten beim Schopf zu packen. Genau das.

So werde ich mich in die Welt hinausschweifen lassen.

Es gefällt mir einfach zu gut, dieses Wort.
Schweifen lassen.
Ich muss keiner geraden Linie folgen.
Hamburg - Füssen. Straight on.
So war mein ursprünglicher Plan.
Aber nein. Ich habe doch Zeit. Ich kann die
Zeit mir doch nehmen.
Die Schweife-Zeit.
Schweifen.
Ausschweifend sein.
Das ist noch besser als die Abschweifung von
vorhin.
Viel, viel besser.
Einen ausschweifenden Lebenswandel führen.
Wie sich das alleine schon anhört.
Anfühlen tut es sich auch.
An-fühlen.
Sich an etwas an-fühlen. Das ist wie an-
schmiegen. Oh, so schön!
Aber mir geht es um die Weite.
Mir geht es um den Schopf. An dem ich mich
und alles packen werde.
Meine kleine Lissawelt ausschweifen lassen.
Jeder Tag wird etwas neues bringen.
Ein neues Muster weben.
Das Bild gefällt mir.
Wie ist es denn bisher gewesen?
Jeder Tag ist dem gleichen Muster gefolgt.
Oder - warte - nein. Es sind mehrere Muster

gewesen.

Es gab das Schul-Muster.

Und das Freunde-Muster.

Das Familien-Muster.

Und dann, zwischendrin, hat es auch das Lissa-Muster gegeben.

Das war es dann aber auch.

Eigentlich nicht viel.

Schön kuschelig.

Und so gar nicht ausschweifend.

Und darum ist mir auch ein wenig bange.

Muss ich mir zugeben.

Wenn ich jetzt so darüber nachdenke, was alles auf mich zukommen kann.

Manchmal ist es schon blöd, wenn man zu viel Fantasie im Kopf rumzuwabern hat.

Aber Knut sitzt neben mir.

Und der singt laut seine Country-Songs mit, die er ständig am Laufen hat.

Irgendwie erinnert er mich auch an Bruce.

Da ist jemand, der frei ist.

Oder halt, nee. Frei sind sie beide nicht.

Aber sie kennen die Freiheit.

Sie haben sie kennengelernt.

Sie haben sie auch gelebt.

Und das werde ich auch.

Aber ganz bestimmt.

Schweifen.

Und ausschweifend sein.

Oh, ist das schön.
Zum Gänsehautkriegen.

'Der wilde, wilde Westen
fängt gleich hinter Hamburg an ...'

Wenn ich jetzt so darüber nachdenke ...
So dumm ist er gar nicht, der dumme Song.
Manchmal kann es schon recht einfach sein.
Das genügt dann schon.

(Containerterminal Bremerhaven)

So ein Containerterminal ist ja der Wahnsinn.
Unser LKW, der mir so groß vorkam, mit dem
dicken Container hintendrauf, jetzt sind wir die
Zwerge.
Es ist alles so gigantisch.
Diese Riesenhebekräne.
Containerbrücken heißen die, sagt Knut.
Der Wahnsinn.
Und dann die Portalhubwagen.
(Jetzt hab ichs drauf, und Knut grinst)
Wie stählerne Riesenmonstergiraffen.
Aber original.
Da sind noch mehr LKW-Fahrer.
Die stehen beisammen.

Warten.

Rauchen sich eine.

Ich glaube, Knut gibt ein bisschen an mit mir.

Das darf er.

Ich stehe und staune.

Und komme aus dem Staunen gar nicht mehr
heraus.

Und überlege mir, wie das früher so war in
den Häfen.

So vor 100 Jahren.

Alles Dampfschiffe.

Und alles voller Rauch.

Ich hab in der Kunsthalle Bilder gesehen.

Fotos auch.

Alles voller Rauch.

Gestunken muss das haben.

Aber geduftet auch.

Es war ja alles in Säcke und Kisten verpackt.

Der Tee und der Kaffee. Kopra. Baumwolle.

Und die ganzen Gewürze.

Bananen.

Die müssen sie ja lose transportiert haben.

In Hamburg gibt es doch den
Bananenschuppen.

Ob der immer noch in Betrieb ist?

Und Extraschiffe dafür bräuchte es ja auch.

Müsste ich Knut mal fragen.

Der weiß das bestimmt.

Aber der klönt.

Und raucht.
Und gibt an mit mir (kicher!)
Und vor 200 Jahren die Segelschiffe.
Und es muss gewimmelt haben vor Leuten.
Die das von den Schiffen runterbrachten und
in die Lagerschuppen räumten.
Das muss schön gewesen sein, und bunt.
Was für ein Bild.
So viele Menschen.
Und die Masten der Schiffe.
Wie ein Wald.
Und jetzt. Kaum Menschen.
Und alles Stahl.
Und riesig.
Und wir paar People hier.
Wie die Ameisen, so kommt es mir vor.
Aber spannend ist es doch.
Wenn ich mir vorstelle, was alles in den
Containern drinstecken könnte.
Und wo die überall hingeschickt werden.
Ja, also. Wo möchte ich denn hin?
Ich möchte überallhin.
Und die Container ...
Jetzt schweben sie.
Wie sie schweben ...
Schweben möchte ich auch.
Und fort.
Einfach irgendwohin.
Recife. Panama. Jokohama.

Ach, geil.
Ich könnte mir einen Container einrichten.
Einfach nur ein großes Bett hinein.
Und Decken, Teppiche, Kissen.
Und Bücher natürlich. Bücher, Bücher ...
Und dann lass ich mich von Knut verladen.
Der fährt mich hierher.
Und der stellt mich hierhin.
Heimlich. Und so mitten dazwischen.
Und dann warte ich ab, bis eine dieser
Monstergiraffen mich packt.
Und hoch in die Lüfte hebt.
Wie von unsichtbarer Hand gezogen.
Und dann auf eines dieser Riesenschiffe.
Und das fährt irgendwohin.
Und da bin ich.
Inmitten der Container.
Auf dem Meer.
Und da ist sonst nichts.
Nur der Himmel und das Meer.
Und dann geht es fort.
In die Ferne.
Irgendwohin ...

(Nachdenkungen)

Kleeblätter will ich suchen gehen
zwischen den Pflastersteinen
am Hafen
dort
wo die Schienenstränge
sich wie Altpapier anfühlen

das Distelgestrüpp werkelt
an den Anordnungen
zum letzten Weltgericht
das ist
morgens bereits
überfällig gewesen

doch sie schlafen
im Himmel
wie auf Erden
schlafen
den Schlaf
der Nacktschnecken
wenn die Luft
den Gaumen kitzelt
nach Gletscherspalte
schmeckt

10.000 Jahre
ist es her

da war sie gelüftet
zuletzt
nun schweifen
die Goldfliegen

(mit Knut unterwegs)

Ist klar, sagt er.
Immer nur - Ist klar.
Oder: 'Versteh schon'.
Da ist er auch ganz groß drin.
Der versteht mich nicht.
Oder doch ...
Der versteht mich total.
Der versteht mich besser als ich selbst mich
verstehe.
'Knut rollt'
'Knut brummt'
'Knut auf Rädern'
Überall diese Aufkleber. Diese Sprüche.
'Sex ist nur eine andere Art von Crime-Story'
Was das nun wieder soll?
Knut ist mir unheimlich.
Aber nicht deswegen.
Sondern wegen dem 'Versteh schon'.
Weil er mich wirklich versteht.
Knut ist voll in Ordnung.

Ich fühl mich gut.
Zum Zurücklehnen gut.
Ich lehn mich zurück.
Ich lehn mich noch weiter zurück.
Zum Augenschließen.
Moment!
'Have you ever been told you can't
because you're a girl?'
Noch so ein Hammerteil.
Wo er das bloß herhat.
Ich werd ihn fragen.
Nachher. Später.
Ich mach jetzt die Augen zu.
Aber da fällt es mir wieder ein … 'have you
ever …'
Hehe! Von wegen!
Ich kann schon.
Ich kann alles.
Hab ich das schon gesagt?
Hab ich das schon aufgeschrieben?
Ich werd es mir merken.
Für später.
Augen zu.

(hinter Osnabrück)

Hach! Ich bin eingepennt.
Und Knut hat mich schlafen lassen.
Und zugedeckt. Wie süß!
Also was?
Wir sind schon hinter Osnabrück.
Nach Rotterdam unterwegs.
Wie geil.
Knut hat Willie Nelson angestellt.
Von dem erzählt er mir.
Ich hatte natürlich keine Ahnung.
Wir werden gleich Frühstücken gehen.
Noch geiler.
Worauf ich Lust habe?
Jede Menge Eier.
Knut lacht.
Es ist die Strammer-Max-Gegend hier, sagt er.
Wir fahren gleich die Autobahn runter, ich
kenne da was.
Na sicher doch.
Knut kennt sich aus.
Strammer Max?
Ist das das Zeugs, wo zusätzlich noch Schinken
mit dabei ist?
Zusätzlich zu den vielen Eiern?
Knut lacht. Ja, das kommt wohl hin.
Knut hat gute Laune.
Willie Nelson singt 'Seven Spanish Angels'.

Da kann man glatt das Heulen kriegen.
Warst du mal drüben, frag ich ihn.
In den Staaten? Ja. Zweimal.
Geil, sag ich.
Ja, sagt er, es ist cool.
Cool, hat er gesagt.
Und bekommt einen Knuff von mir.
Cool, sag auch ich.
Wenn wir den Strammen Max essen erzählst
du mir davon. Und ich erzähl dir von
Dänemark.
Da hab ich ja nen Supertausch gemacht, lacht
er.
Und ich sag: du darfst mich ruhig auch
knuffen.
Aber er lacht nur wieder, und stellt die Musik
lauter.

(mit Knut nach Rotterdam)

Ich freu mich, auf der Welt zu sein.
Denn so hab ich jemanden wie Knut
kennenlernen dürfen.
Ach, Knut! Magst du mich nicht nach Füssen
fahren?
Mädchen, Mädchen ...
Ach, Knut! Du hast ja recht.

Und dann bin ich wieder eingenickt.
Bis Knut mich geweckt hat.
Pause.
Eine holländische Raststätte.
Exotik.
Es geht mir immer so.
Ein anderes Land ist und bleibt ja doch immer
ein anderes Land.
Wie nah es auch sein mag.
Es ist anders.
Und exotisch.
Es gefällt mir.
Es brauchen auch nur Kleinigkeiten zu sein.
Schon fängt mein Kopf an zu arbeiten wie
blöd.
Und dann kommt ja noch die Sprache dazu.
Holländisch ist mindestens so süß wie Dänisch.
Der erste Eindruck entscheidet.
Ich werde Holland mögen.
Ich bin noch nie hier gewesen.
Mit Melli war es immer auf die Inseln
gegangen.
Also - auf die unseren. Föhr, Amrum, Sylt.
Oder nach Dänemark.
Oder ganz weit weg.
Mit Melli konnte man in die Karibik.
Niemals nach Ruhpolding.
Ich bin noch nie in den Alpen gewesen.
Ich fass es nicht.

Knut fragt mich was.

Was?

Du könntest Poffertjes ausprobieren. Poffertjes
mit Puderzucker.

Aber da war er doch wieder! Mein Traum von
eben.

Ach, Knut. Wenn du wüsstest.

Es war ein Lissa-Traum gewesen.

Mit Puderzucker.

Eine Lissa, die sich in Verheißungen erging.

Lockende Leichtigkeiten
auf die Haut gemalt
ein Herz
und eine Spirale
drumherum
die dreht sich
weiter
und
immer weiter
und
weiter noch
und
dann steck ich dir
einen Finger
in den Mund
damit du den Puderzucker
abschlecken kannst

Aber, Knut. Das warst gar nicht du.
Ich weiß auch gar nicht, wer dieses Du
gewesen sein könnte.
Ich glaube, nicht einmal Patrick ist das
gewesen.
Keiner ist das gewesen.
Das war nur ein Traum.
Ein Lissa-Traum.
Und darum bin ich das gewesen.
Ja, natürlich doch.
Ich hab mit mir selber gespielt.
Weil ich einsam bin.
Weil ich bald noch viel einsamer sein werde.
Wenn Knut weg ist.
Und ich allein.
In Rotterdam.
In Holland.
Wo ich die Sprache nicht spreche.
Die ich aber mag.
Und darum macht das nichts.
Weil ich Lissa bin.
Die Leute werden mich schon verstehen.
Wir werden englisch sprechen. Oder deutsch.
Exotisch wird es sein.
Und schön.
Weil ich Lissa bin.
Ja, Knut, ja ...

Ich werde Bitterballen versuchen. Und Patatje dazu.
Wie das schon klingt.
So exotisch. Und schön.

(Rotterdam 1)

Allein.
Da kehrt die Leere zurück.
Die Sonne knallt noch doller als der Regen in Hamburg.
Und Sonne ist.
Also sollte ich wohl.
Auf jeden Fall mich nicht umhauen lassen.
Es ist doch nur die Exotik.
Und Exotik kann, und Exotik will erkundet werden.
Ich geh in die Innenstadt.
Es ist nicht weit, hat Knut gesagt.
Er ist extra einen Umweg gefahren für mich.
Der Gute.
Also dann.
Ich könnte ins Museum.
Die Touristin spielen.
Unbeschwert. Zeitverloren.
Und?
Bin ich doch auch.

ZeitLosGelöst.
Von der Zeit befreit.
Nun also. Was tun?
Mich auf einen Platz setzen und Kaffee trinken.
Ein Eis schlecken.
Durch die Geschäfte ziehen.
Alles zusammen.

(Knuts Schlusssatz)

Wie war das noch gleich?
Was hat Knut gesagt, als ich aus dem
Führerhaus stieg?

Wer im Paddelboot aufs offene Meer fahrt,
muss ganz schön wendig sein. Weil, die
großen Pötte, die geben nicht klein bei.
Und du, du bist wendig genug. Du schaffst
das.

Mensch, Knut!
So eine lange Rede.
Und – Knut – danke dafür.
Danke für alles.

(Rotterdam 2)

Da ging ich.
War mittendrin.
Da rasselten wir zusammen.
Ein hübsches Mädchen.
Hennarote Haare.
Das Rot genau, das der dunkle Typ braucht.
Aber ganz genau.
Und das muss eine erst wissen.
Erkennen können.
Also: Pluspunkt Nummer 1.
Nachdem wir uns auseinandergewurschtelt
hatten.
Das ist natürlich ein total bescheuerter
Ausdruck.
Der passt zur Oma nach Füssen.
Aber nicht zu Marijke und mir.
Marijke heißt sie.
Kut! Eine Deutsche. Ausgerechnet.
Hat sie gesagt, als wir uns aus unserer
Umklammerung befreiten.
Na danke. Sagte ich. Tolle Begrüßung.
Exotik pur.
Schöne Exotik.

(Marijke)

Marijke erklärt mir die Welt.
Marijke erklärt mir das Leben.
Marijke ist hochnäsig.
Weil sie 3 Monate älter ist als ich.
(aber auch noch nicht 18)
Und weil sie 30 Jahre mehr Erfahrung
mitbringt.
So geschätztermaßen.
Ist das auch richtig.
Muss ich zugeben.
Das habe ich sehr schnell erkannt.
Sie lebt auf der Straße.
Sie lebt von der Straße.
Sie lebt mit der Straße.
Und wenn ich jetzt sagen würde, dass sie die
Straße ist, würde das stimmen.
Also - das weiß ich nun.
Marijke, die die Straße ist.
Seit 3 Jahren schon.
Also.
Also hat sie gesagt: du gefällst mir.
Also hab ich gesagt: du gefällst mir auch.
Was stimmt.
Die Geschichte von meiner Oma findet sie
groß.
Aber die wischt sie weg.
Auch das Museum.

Komm, sagt sie, wir gehen einkaufen.
Shoplifting, sagt sie.
Ach - verstehe!
Sie will es mir erklären.
In der Praxis.
Sie grinst.
Sie grinst mit schönen weißen Zähnen.
Wir zockeln los.
Die beste Methode jeden Tag an frische
Klamotten zu kommen.
Ist easy.
Zeit haben wir doch, oder?
Zeit haben wir.
Unterwäsche, Strumpfhosen, T-Shirts.
Meistens kein Problem.
Nur, wo die Sperren dran sind, verstehst du,
diese Plastiknoppen, da wird es haarig.
Ich hab keine Peilung.
Die Dinger kenne ich natürlich.
Hab mir aber nie Gedanken deswegen
gemacht.
Marijke erklärt es mir.
Manchmal reicht eine Nagelschere. Oder ein
kleines Taschenmesser.
Du musst nur die Innereien rauspulen. Und -
Peng!
Braucht nur etwas Übung. Aber -
(nun wird sie wieder hochnäsig)
Manchmal ist Farbe drin. Tricky!

Manchmal schreiben sie drauf, dass Farbe drin ist. Ist aber nicht.

Also - kannst dich auf nichts verlassen.

Dafür gibt es Magnete.

Warte! Sie kramt in ihrer Tasche.

Zeigt mir das Ding.

Sieht wie ein flacher Eierbecher aus.

Genau das, was sie an der Kasse haben.

Einfach und sauber.

Okee. Ich glaub es ihr.

Wir gehen einkaufen.

Zwei junge Mädchen. Unbeschwert.

Ich such mir eine schwarze Netzstrumpfhose aus.

Dazu ein hübsches buntes Flatterkleid.

Meine Jeans bleiben hier.

Marıjke macht es umgekehrt.

Lässt ihr Kleid zurück.

Gönnt sich schwarze Lederhosen. € 140.

Dazu das passende Top.

Sieht gut aus bei ihr.

Hihi! Wir kichern.

Zwei junge Mädchen in der Umkleide. Unbeschwert.

Mit dem Magneten ist es wirklich easy.

Wir hängen unsere alten Klamotten an die Rückgabestange.

Das wars. Wir gehen.

Schuhe kaufen.

Mit Schuhen geht es genauso.
Du gehst raus, wie du reingegangen bist.
Mit Schuhen an den Füßen.

(nach Egmond)

Das Wetter ist viel zu schön um in Rotterdam
zu bleiben.
Kein Mensch braucht die Stadt, wenn es das
Meer gibt.
Das ist eine Weisheit.
Eine Wahrheit ist es auch.
Und eine Verkündigung.
Ans Meer! Ans Meer!
Und wohin genau?
Dorthin, wohin man uns bringt.
Eine einfache Strategie.
Eine Familienkutsche nimmt uns auf.
Zwei kleine Mädchen auf der Rückbank.
Drei und fünf Jahre alt.
Da packt man uns dazu.
Da passen wir hin.
Es geht nach Egmond aan Zee.
Egmond an der See. Wie schön.
Ich werde in Beschlag genommen.
(Merke: auch ich kann exotisch sein)
Es wird mir Holländisch gelehrt.

Nederlands.

Een, twee, drie.

Een, twee, drie, vier, hoedje van, hoedje van.

Een, twee, drie, vier, hoedje van papier.

En heb je dan geen hoedje meer, maak er een van bordpapier.

Een twee drie vier, hoedje van papier.

Bedankt!

Ich bin das reinste Sprachwunder.

Bitterballen werden gereicht.

Cassis-Limonade und Lakritz.

An einem Stand in Beverwijk Frühlingsrollen spendiert.

Es ist das reinste Paradies.

Egmond auch.

Mehr Dünen als ich gedacht hatte.

Aber was denke ich schon?

Ich denke an die Nacht.

Wir werden ausgeladen.

Und wieder eingeladen.

In die Croissanterie Pompadour.

Wie soll ich das bloß überstehen?

Ohne dick und fett zu werden.

Waffeln mit heißen Kirschen.

Wir verabschieden uns.

Bedankt! Bedankt!

Lassen ein paar Decken mitgehen in einem Restaurant auf dem Weg.

Auf dem Weg in die Dünen.

Wie selbstverständlich.
Ich werde niemals aufhören zu lernen.

(in den Dünen)

Da sind die Dünen.
Da ist der Sand.
Da ist das Meer.
Wir gehen baden.
Tanzen gehen wir später.

(Nachdenkungen)

Marijke ist die reinste Philosophin.
Wir liegen im Sand. Lang ausgestreckt.
Immer noch pappsatt.
Obwohl wir heftigst schwimmen waren.
Das Dünengras zittert.
Marijke sagt:
Wenn jetzt nichts wäre ...
Wir nicht. Und kein Himmel.
Der Sand nicht. Und nicht das Dünengras.
Nichts.
Ich widerspreche. Ich will kein Nichts haben.
Nicht ein solches Nichts.

Nichts bedeutet nicht Nichts, sage ich.
Es ist nur die Abwesenheit von etwas.
Ein vorübergehend unbesetzter Raum.
Ich sehe nichts, weil die Maus eben
davongesprungen ist.
Doch sie war da.
Ihre Abdrücke im Sand sind noch deutlich zu
erkennen.
Ich bin nicht bereit mir den Himmel nehmen
zu lassen.
Du willst dich also nicht nichten lassen, lacht
Marijke.
Niemals.
Und wenn im Kosmos die Lichter ausgehen?
Dann ist es die Abwesenheit der Sterne.
Oder des Lichts.
Aber wenn Ich es doch sehen kann?
Was?
Na, die Abwesenheit.
Wir bewerfen uns mit Sand.
Hoffentlich wird das die Maus nicht
erschrecken.

(Nacht in den Dünen)

Wir waren tanzen.
Das Tanzen war gut.
Wir haben eine Einladung.
Eine Seminargruppe aus Leiden.
Philosophen.
Ausgerechnet.
Und - na unbedingt.
Wo wir doch so gut in Übung waren.
Es gab ordentlich zu trinken.
Zu viel für meinen Geschmack.
Das fand Marijke auch.
Wir sind wieder in die Dünen.
Zwei Meerjungfrauen.
Besser so.
Wir haben uns gefunden.
Zu unseren Decken zurück. Meine ich.
Ob uns der Strandhafer sticht?
Ich bin müde.
Sterne sprechen ein Gebet.
Ich hatte gar nicht mehr daran geglaubt.
Nun glaube ich ihnen.
Denn Sterne lügen nicht.
Sie sind die einzigen, die niemals lügen.
Denn vielleicht gibt es sie gar nicht mehr.
Da ist nur noch ihr Licht.
Das eine Geschichte erzählt.
Die Augen weit offen lausche ich ihnen.

Marijke? Ja?
Ob Sterne wohl an einen Himmelskönig
glauben?
Eine Himmelskönigin.
Die fährt auf einem Rentierschlitten.
Ausgerechnet.
Warum nicht.
Hast du sie auch beten hören?
Das Gebet war ein Gedicht.
Es hat von einem Flüsterer gesprochen.
Der kleine Mädchen um den Schlaf betrügt.
Wir sind tief in unsere Decken gekrochen.

(Vormittags)

Einen Bikini bräuchte ich schon ...
Wir gehen einkaufen.
Dieser Tag macht Wolkenzauber.
Erst ist es mir gar nicht aufgefallen.
Weil wir nur an Bikinis und Crosantjes zu
denken hatten.
Den Blick verstellt.
Wie das eben mit zwei Meerjungfrauen so
geht.
Gott! Was sind wir schön!
Das geht die anderen aber gar nichts an.
Also. Natürlich. Schon. Zum Bestaunen. Schön.

Wie bestaunenswert wir sind.
Der holländische Kaffee schmeckt anders.
Und ich bin wieder voll in der Exotik drin.
Bedankt! Bedankt!
Wie eine Sprache schweben kann.
Und Brücken bauen. Himmelsbrücken.
Aber nur wenn sie schwebt.
Ich mag es nicht, wenn Sprachen wie
abgebrochene Fingernägel klingen.
Solche Sprachen gibt es.
Ich sag aber nicht, welche.
Sie können ja nichts dafür.
Bedauernswerte die.
Aber das Holländische macht Zauberwolken.
Und siehst du.
Ja, Marijke, ich sehe.
Die Wolken wandern.
Aber eigentlich möchten sie lieber hier
bleiben.
Sie möchten mich am Strand bewundern.
Das dürfen sie.
Mooi. Das heißt: schön.
Zich mooi maken.
Das werde ich.
Ha!
Und wie!

(am Strand)

Eine Möwe.
Wie ein Katamaran über das Wasser gleitend.
Flügel weit ausgebreitet.
Gischt spritzt.
Die Möwe schreit vor Glück.
Der Wind heult wie ein Vulkan.
Vulkane gibt's hier nicht.
Aber Sand, der über den Strand weht.
Das ist wie ein Weltuntergang im Kleinen.
Ich stell mir das mal vor.
Hamburg.
Nur der Fernsehturm schaut noch heraus.
Und die Spitze vom Michel.
Das sind die beiden Muscheln da.
Alles andere ist schon von Sand bedeckt.
Und der Sand weht weiter noch.
Es hört nicht auf.
Das ist das Ende.
Die Menschen sind erstickt.
Es gibt keinen Grund dafür.
Es braucht keine Gründe zu geben.
Es war einfach an der Zeit gewesen.
Oben auf den Michel, da haben sich welche
hingerettet.
Da stehen sie.
Die letzten Menschen.
Winzig klein und unscheinbar.

Ich muss mich bücken um sie zu sehen.
Ich knie mich vor sie hin.
Sie rufen.
Winzige Münder, die sich öffnen.
Ich verstehe sie nicht.
Der Wind bläst so laut.
Der Wind übertönt alles.
Auch meine Ohren. Taub.
Ich steh wieder auf.
Es ist geschehen.
Es kümmert mich nicht.
Es geht mich nichts an.
Ich geh weiter nach vorne.
Ans Wasser.
Da, wo alles zusammengebacken ist.
Ich zieh die Schuhe aus.
Fester Sand. Feucht.
Ich geh ins Wasser.
Ich geh die Füße baden.
Ich wasche mich rein.

(Nachdenkungen)

Der Sommer.
Das ist Schönheit ohne Ende.

In die Ferne den Blick.
Wo eine dicke weiße Wolke faul auf ihrer
Luftmatratze schaukelt.
Ich male mir eine Möwe dazu.
Die lass ich einfach Richtung Himmelsmeer
eintauchen.
Ein Marienkäfer kommt eingeschwebt.
Der bekrabbelt meine Haut.
Und kitzelt mich zum Gänsehäute kriegen.
Dann ist er fortgeflogen.
Zum Abendleuchten, denke ich.
Ich buddel mich jetzt tiefer in den Sand.
Und werde nur den kleinen Zeh bewegen.
Ich möchte zu gern wissen, ob ich den Sand
verführen kann.

(später Nachmittag)

Am Strand.
Marijke hat uns Wein organisiert.
Und eine Handvoll bunter Pillen.
Sehen wie Smarties aus.
Der Sand ist warm.
Der Wind ist mau.
Der Strand ist leise.
Der Himmel blau.
Noch blau.

Dann wenigblau.
Dann garnichtmehrblau.
Mehr himbeerrot.
Abendtot.
Ich schreibe.
Marijke raucht.
Wir trinken Wein.
Eine Pille dazu.
Abendrot.
Abendtot.
Marijke will auch was schreiben.
Also abwechselnd, ja?
Ja. Ja.
Dann fang mal an.
Dann leg mal los.

(Strandmalerei)

Freiheit ist Hustensaft.
Frei bin ich, wenn ich die Zehen in den Sand
bohren kann.
Und ein Schluck Wein.
Ist wie ein großer Bruder.
Den ich nicht habe.
Den ich niemals hatte.
Es war bloß so ein Spruch.
Es gibt so besondere Würmer.

Die bohren sich dir in die Haut.
Und vermehren sich.
Das gibt eine Riesenbeule.
Die größer und dicker und feister wird.
Und dann platzt sie auf.
Und Myriaden von Würmern quillen da
heraus.
Und bohren sich dir wieder in die Haut.
Das geht immer weiter fort.
Immer so weiter.
Bis du eine einzige große Beule bist.
Und die platzt dann auch.
Dann gibt es dich nicht mehr.
Dann wirst du nur noch Würmer sein.
Und die Würmer haben einen gemeinsamen
Geist.
Einen einzigen gemeinsamen Gedanken.
Würmer zu sein.
Würmer soll es geben.
Nichts als Würmer.
Die ganze Welt soll aus Würmern bestehen.
Das ist ihr Traum.
Der Würmer-Traum.
Daran gehen die Würmer zugrunde.
Weil sie niemanden mehr haben, den sie
anbohren können.
Darum sind jetzt keine Würmer mehr da. Oder
siehst du welche?
Nur meine Zehen im Sand.

Der Sand ist warm.
Und mein Geist ist trocken.
Nimm mal eine von den Blauen hier.
Der Sand ist wie Sandpapier.
Strandflocken.
Das kleine Glück und der ganze Plunder.
Was Plunder ist?
Das ganze Zeugs.
Trash.
Und das Leben.
Das ist wahr.
Leuchtfeuer gibt es.
Und Leuchttürme.
Und der Himmel ist eine Wundertüte.
Eine Strandlaterne.
Was es nicht gibt, liegt in einer
Rotbarschschuppe verborgen.
Die ist so klein.
Und so groß.
Da kannst du ganz Den Helder unterbringen.
Und ein Möwenei.
Das brüten wir aus.
Und das Küken ziehen wir auf.
Und es wächst.
Und es wächst.
Bis es groß ist wie Franz Hals.
Mindestens wie die Venus von Milo.
Mylo.
Mylord.

Gesegneten Appetit.
Und jetzt gehen wir schwimmen.
Ja, das machen wir.

(am Morgen danach)

Als ich erwachte, war ich neugierig.
Wie ein Kind.
Ein neugieriges Kind.

Lissa!
(rief ich mir zu)
Es steckt etwas in dir drin.
Natürlich!
(rief ich zurück)
Das bin ich.

Oder dichtbei.
So genau weiß ich das nicht mehr.
Aber gefühlt hab ich mich ...
So. So. So.
Also unbedingt.
Und da hab ich es dann gewusst.
Hallo?
Das bin ja ich.
Aber ja. Aber wie. Und wie geil.
Ein klitzelbitzelkleines neugieriges Kind.

Dem die Lebensfreude erwachte.
Und weil das ist, wie das ist, zieh ich mich aus.
Und geh schwimmen.

(Merkwürdig sein)

Merkwürdig ist das Leben
viel merkwürdiger noch
und darum wäre es dumm
wenn du ihm
nicht alle Fragen
stellen wolltest
die zu stellen sind

Du musst sie ja nicht
laut aussprechen
und nicht alle
beantwortet bekommen
nur stellen solltest du sie

Wozu bist du denn
auf der Welt
wenn du nicht alle
Geheimnisse entdecken
alle Geheimschriften
entschlüsseln wolltest

Frage die Katze
welche Maus
ihr die Liebste ist
frage den Tümmler
nach welchem Stern er
seine Richtung nimmt

Folge dem Regenbogen
folge dem gelben Steinweg
spring dem Kaninchen hinterher
und lausche dem Wind
der durch die Weiden geht

(Einsiedlerkrebs)

Ich könnte ein kleines Krebstier sein.
Das wohnt in einer Pappschachtel am Strand.
Doch die Schachtel wird immer nass bei Flut.
Das macht sie ungemütlich.
Sie verformt sich dann so leicht.
Das macht sie unwohnlich.
Ich träume von einem festen
Schneckengehäuse, in das ich umziehen
könnte.
Ach! Was wäre das schön.
Das könnte ich bei mir tragen.
Dann wäre ich ein Einsiedlerkrebs, und könnte

einsiedelnderweise über den Strand traben, den Möwen fröhlich 'Hallo!' sagen, ohne Angst haben zu müssen.
Ich könnte Strandläufer spielen, und Austernfischer, ich könnte mir Perlen und glänzende Muscheln suchen, die würde ich an meinem Gehäuse drapieren.
Da wäre ich stolz und schön.
Die Sonne würde mich beleuchten, das Meer würde sich in meiner Schale spiegeln, der Mond und die Sterne könnten sich daran erfreuen.
So wäre das Leben schön.
Doch ich - sitze in meiner armseligen Pappschachtel, traurig und feucht.

Ach, Mönsch, Lissa!
Hättest du dir nicht ein Happy End suchen können?
Nö.

(Marijke zofft)

Marijke ist schnippisch.
Marijke ist sprunghaft.
Marijke ist eingeschnappt wegen nichts.
Ich war das nicht.
Da war überhaupt gar nichts.
Wir fahren nach Köln.
Sagt sie.
Ich kenne da Leute.
Na, ist ja schon gut.
Liegt sowieso auf dem Weg für dich.
Sicher. Klar.
Wo du doch zu deiner Oma willst.
Aber ja. Aber ja.
Marijke ist zoffig.
Sind ihr die Pillen zu doll eingeschlagen?
Ich will. Ich will.
Ist ja gut.
Fahren wir eben.
Daumen raus. Und los.
Schade. Schade.
So Menschen gibt es.
Abendrot und Morgendämmer.
Ist der reinste Hokuspokus, das Leben.
Zauberwelten.
Und dann siehst du den Stacheldrahtzaun.
Von dem sie umgeben sind.
Vielleicht ist ja alles nur Einbildung.

Man kann sich vieles einbilden.

Dass man verliebt ist.

Dass man frei ist.

Dass man nur dem weißen Kaninchen
hinterherzurennen braucht.

Dabei ist man vielleicht nur eine Rübe.

Oder eine Kartoffel.

Die träumt.

Dass sie Lissa ist.

Nein. Das kann nicht sein.

Lissa ist einzigartig.

Da würde so eine Kartoffel nie drauf kommen.

Da kann Marijke gerne einen auf Schnippisch
machen.

Fahren wir halt.

Halten wir den Daumen raus.

Ich könnte auch das Knie frei machen.

Einfach so.

Weil ich Lissa bin.

Und das Knie ist dann die Kartoffel.

Was der Brüller wäre.

Verkehrsstau ohne Ende.

Marijke wippt mit den Füßen.

Im Sand.

Der zoffige Sand.

Zoffen.

Was das wohl auf holländisch heißt?
Irgendwas niedliches bestimmt.
Zoffje. Oder so.

(Jan)

Bis Enschede sind wir gut durchgekommen.
Dort standen wir viel zu lang.
Viel zu lang für meine Gefühle.
Sonne. Immer noch. Und reichlich.
Und dann Marijkes schwarzer Lippenstift.
Und die Flunsch, die sie zog.
Den Lippenstift hat sie extra schwarz gewählt.
Aber sicher.
Um so richtig böse sein zu können.
Auf mich.
Auf die Welt.
Auf den Scheibenkleister.
Wir stehen und reden nichts.
Nichts.
Es ist niets. Niets. Sagt sie.
Das Nichts.
Das Nichts hat sie überfallen.
Dann kommt Jan.
Der packt uns ein.

Der wohnt in Venlo.

Klasse.

Da wollten wir hin.

Marijke knatscht.

Jan und ich reden.

Jan ist total nett.

Und spricht deutsch.

Venlo liegt ja auch direkt an der Grenze.

Jan arbeitet beim Bau.

Hat eine Frau und vier Kinder.

Seine Frau, das ist die Lisa.

Und drei Große gibt es.

Die sind ungefähr in unserm Alter.

Und dann ist da eine Nachzüglerin, die kleine Annika, die ist vier.

Jan sagt, dass wir bei ihnen bleiben sollten.

Sie wohnen in einem kleinen Reihenhaus.

Viel Platz ist da nicht.

Aber wir werden empfangen, als ob wir dazugehören.

Es gibt kein Getue, nichts.

Wir müssen uns gleich in der Küche nützlich machen.

Einfach so. Und es ist gut.

Weil es gute Menschen sind.

Ich sage das, weil es so ist.

Es gibt gute Menschen.

Da braucht es kein Getue.

Da gehört einer so gut dazu wie der andere.

Und wir auch.
Weil es selbstverständlich ist.
Und wir lachen. Und haben Spaß zusammen.
Und es ist gut.

(Marijke ist weg)

Mönsch Lissa, was hast du auch pennen
müssen wie ein Bär im Winterschlaf.
Ich hab nichts mitgekriegt, gar nichts.
Ich dachte ja erst, dass Marijke schon nach
unten ist.
In der Küche beim Frühstücken wäre.
Da warteten aber nur Lisa und die kleine
Annike auf mich.
Jan und die Größeren waren schon weg.
Und dann hat Lisa mir was zu sagen gehabt.
Eine Botschaft auszurichten von Marijke.
Dass es ein karminrotes Nichts gibt.
Hätte sie mir zu bestellen.
Ich frage nach.
Karminrotes Nichts.
Weiter nichts?
Nein. Nichts.
Karmin.
Da musste was dahinter stecken.
Aber erstmal war ich nur leer im Kopf.

Aber original.
Ich hab das überhaupt nicht richtig gecheckt.
Bis mich Lisa in den Arm genommen hat.
Da wusste ich, dass auch Marijke weg war.
Komm, erstmal Frühstück, hat Lisa gesagt.
Und wir haben gefrühstückt.
Und erzählt.
Ich weiß aber gar nicht mehr was.
Dann bin ich nach oben zurück um meine
Sachen zu packen.
Da hab ich es dann bemerkt.
Und hab mich aufs Bett gesetzt.
Und nachgedacht.

Also:
Marijke ist weg.
Und mein Handy ist weg.
Marijke hat es mitgenommen.
Sie hat es aber nicht geklaut.
Es war ein Tausch.
Sie hat mir den Magneten dafür dagelassen.
Das war eine Botschaft.
Klarer Fall.
Sie hat mir eine Botschaft hinterlassen.
Du gehörst nicht dazu.
Das war es, was sie mir sagen wollte.
Du bist nur das Luxusweibchen.
Du bist nicht richtig abgehauen.
Du bist nur abgehauen um deine Oma

besuchen zu fahren.

Das zählt nicht.

Und sie hat recht.

Und ich bin betroffen.

Genau das.

Oder noch mehr.

Ich bin getroffen.

Sie hat mich getroffen.

Sie hat mich treffen wollen.

Sie hat mich treffen müssen.

Und ich verstehe das.

Und es tut mir weh.

Aber mehr, weil ich gerne noch mit ihr
zusammen geblieben wäre.

Wegen mir ist es nicht so schlimm.

Ich stecke das weg.

Ich muss mich nur mal schütteln.

Aber Marijke hätte ich gerne besser
kennenlernen mögen.

Nun ist es zu spät.

Ich werde sie nicht mehr finden.

Sie sitzt bestimmt schon bei wem im Auto.

Und fährt bestimmt nicht nach Köln.

Aber ganz bestimmt nicht.

Ich werde aber.

An die Autobahn pilgern.

Und mir über Karmin Gedanken machen.

(Karmin)

So. Karmin also.
Und das Nichts.
Und was das Nichts mit Karmin zu tun hat
weiß kein Mensch.
Außer Marijke.
Und mir. Gleich. Wenn ich darüber
nachgedacht habe.
Karmin. Das ist Karmesin. Das ist Rot.
Das ist richtig knallig Rot.
Das ist Lippenstift.
Der richtig knallig rote Lippenstift.
Also ihrer ist das nicht.
Diese schwarze Kriegsbemalung, zuletzt.
Meiner auch nicht.
Knallig rot und pink. Was wäre das denn?
Ein Knalleffekt.
Nö. Fiele mir im Leben nicht ein.
Und fällt mir noch was ein?
Wenn ich mein Handy hätte, könnte ich
googeln.
Hab ich aber nicht.
Muss ich selber denken.
Karmesin. Das sind diese kleinen Läuse.
Die werden ausgepresst.
Ist also Blut.
Das Blut der Erde.
Kein Nichts.

Doch.

Die Läuse, die ins Nichts befördert werden.

Und daraus entsteht Rot.

Der Tod. TodRot.

Aber ein karmesinrotes Nichts?

Wäre doch kein Nichts mehr.

Es hätte doch, nun ja, eine Eigenschaft.

Nichts kann nicht sein, wo Karmesin drauf
steht.

Oder so.

Also - ich komme jetzt doch nicht drauf.

Ich will auch gar nicht mehr.

Aber echt.

Ist doch alles Verarsche.

Ich könnte, ich weiß nicht, den Teufel
beschwören.

Oder ein Lakritz essen, das ich noch hab.

Und mir jemanden beschwören, der mich nach
Köln bringt.

Noch besser.

Und dem Nichts abschwören.

Das Nichts kann mir gestohlen bleiben.

Aber unbedingt.

(Toujours seul)

Immer allein
aber bin ich nie
sind Menschen doch
Wolken
deren Rücken
mich tragen
wilde Pferde
meine Haare
flattern im Wind

ein Nachtfalter
ich bin
ein brauner Bär
am Fluss
drunten
im Pflanzengewirr
später
im Licht
im Schein der Laterne
einsam doch
nie

l'enfant
léger

(Nachdenkungen)

Da steh ich nun da.
Ohne Handy.
Scheißegal.
Freiheit heißt nichts mehr zu verlieren zu
haben.
Das klingt verlockend.
Wie in dem alten Song.
Aber stimmt das so auch?
Für mich stimmt es.
Weil ich jung bin, schön bin, klug. Und weil ich
es verstehe mich durchzuschlagen.
Aber es stimmt auch dann nur für eine kurze
Zeit.
Weil, was ist, wenn ich keine Lust mehr auf
dieses Leben habe?
Es geht mir ja jetzt schon auf den Senkel.
Freiheit heißt dann auch, sich entscheiden zu
können.
Dazu muss man die Möglichkeit haben.
Und dann sind da auch noch Melli und John,
und Bruce und Patrick.
Die sich Sorgen um mich machen.
Und dass ich gegangen bin, heißt ja nicht, dass
ich mich gegen sie entschieden hätte.
Nur für etwas anderes.
Aber auch nur auch.
Auch nur auch ist gut.

Aber Scheiße! Jetzt fühl ich mich mies.
Freiheit heißt auch Verantwortung zu
übernehmen.
Daran habe ich nicht gedacht.
Ich fühlte mich so klug und erhaben.
Ich müsste Patrick anrufen. Wenigstens.
Und ausgerechnet jetzt ist das Handy weg.
Ach, es wird sich schon was finden.
Verantwortung.
Dass ich daran nicht gedacht habe.
Das Leben ist schon kompliziert.
Ob das noch Freiheit ist?
Ob es überhaupt eine Freiheit gibt?
Hatte ich das nicht schonmal?
Der Robinson auf der Insel.
Warte mal. Wo war denn das?
In Blankenese. Genau.
Wo ich die Entscheidung getroffen habe.
Natürlich.
Ich blättere mal zurück.
Irgendwas ist immer. Steht da.
Aber ich hab nur ans Essen gedacht.
Und eine Memo: Freiheit ist langweilig.
Nein, das ist sie nicht.
Wenn das jetzt noch Freiheit ist.
Mit der ganzen Verantwortung und so.
Das ist ungeheuer spannend.
Freiheit ist spannend.
Und Freiheit ist dann, wenn man eine

Entscheidung zu treffen hat.
Lasse ich sie im Stich und haue ab.
Oder will ich Verantwortung übernehmen.
Ich hab mir ganz schön Zeit damit gelassen.
Weil ich nicht gründlich genug nachgedacht
habe.
Aber es ist noch nicht zu spät.

(Köln)

Also, Köln!
Nun zeig mal was du hast.
Ich brauch ein neues Handy.
Ich muss mir die Haare neu farben.
Ich brauche eine Bleibe.
So ist das.
Und nun setze ich mich runter an den Rhein.
Und bin schön.
Und warte ab.
Der Dom bröckelt.
Die Sonne scheint.
Die Stufen sind angenehm warm.
Und es weht ein Wind.
Der Fluss gefällt mir.
Dafür, dass es nicht die Elbe ist, ist er ganz
okee.
Aber die Elbe ist ja nur in Hamburg schön.

Oder von Hamburg bis Cuxhaven. Sagen wir
mal.
Den Rest kenne ich nicht.
Und den Rhein kenne ich nicht.
Also: ich schreibe Blödsinn.
Ich denke Blödsinn.
Weil ich Heimweh habe.
Weil ich mich blöd fühle.
Weil ich mich gerade nicht leiden mag.
Das ist nicht gut.
Schrei, wenns dir die Sprache verschlägt, hat
Melli mal gesagt.
Ich kann mich doch hier nicht hinstellen und
schreien.
Außerdem kann das gar nicht funktionieren.
Wenns dir die Sprache verschlagen hat, wirst
du doch erst recht nicht schreien könne, oder?
Halt. Doch. Das ist dann so wie der Urschrei.
Der Befreiungsschrei.
Es wird wohl doch funktionieren.
Aber nicht hier.
Außerdem ist es noch gar nicht so schlimm.
Außerdem muss ich hier sitzen und schön sein.
Damit mich jemand anspricht.
Und mir ein neues Handy schenkt.
Mir die Haare färbt.
Mich zum Essen einlädt.
Und mir ein schönes gemütliches Bett für die
Nacht anbietet.

Und das alles ohne Hintergedanken, versteht sich.

So, und jetzt muss sich bloß noch jemand trauen.
Daran wird es dann scheitern.
Also gut, es hilft ja nichts, ich quatsch jetzt einfach die Leute an.

(Nachdenkungen)

Auf der Promenade.
Sie spielt Mandoline.
Er spielt Gitarre.
Ein Hut liegt da.
Es fallen Münzen.
Ein Dackel schnüffelt interessiert.
Da ist eine Himmelsleiter.
Die klettert den Dom hinauf.
Und verliert sich.
Der heilige Franziskus hält die Hand ausgestreckt.
Darauf brütet ein Turmfalkenpärchen.
Auf der Promenade hat ein kleines Mädchen ein Eurostück in den Hut fallen lassen.
Das kleine Mädchen würde gerne tanzen.
Die Eltern drängen es zur Eisdiele hinüber.

Ach!
Hier wird ein Lebensfaden abgeschnitten.
Ach!
Und wenn jetzt hier eine Rose aufblühen
könnte!
Es blühte keine Rose. Nein.
Das Wunder ist ausgeblieben.
Die Wunder haben sich verzogen.
Oder ist es nicht vielmehr so, dass wir
Menschen sie vergessen haben?
Oder ganz einfach nicht mehr finden können?
Ach!
Ich möchte so gerne suchen lernen.
Ich setze mich zu einem alten Mann auf die
Stufen.
Er schaut auf.
Ein ErkennensBlick.
Ich weiß, wen er sah.
Ich glaube ihm.
Wir sitzen.
Er füttert die Tauben.
Am Ufer hat ein Ausflugsdampfer
festgemacht.
Menschen strömen.
Im Hut klingende Münze.
Sie spielt Mandoline.
Er spielt Gitarre.
Sie spielen, bis die Schatten sich in Nacht
verlieren.

Sie fallen voneinander ab.
Einer nach dem anderen.

(bei Paul und Sannah)

Ich hab sie angequatscht.
Und die beiden haben mich mitgenommen.
Ein Pärchen.
Er, der Gitarre spielte, sie die Mandoline.
Paul und Sannah.
Sannah und Paul.
Ein Turmfalkenpärchen.
Die Himmelsleiter haben sie eingeholt.
Nein, nicht um damit in die Hölle zu fahren.
Sondern um sie bei ihrem Hochbett
anzulegen.
Die beiden sind total süß miteinander.
So ein süßes Pärchen hab ich überhaupt noch
nicht erlebt.
Wir haben zusammen Spaghetti zubereitet.
Mit frischen Kräutern und Tomaten.
Dazu eine Flasche Wein.
Zur Feier des Tages.
Weil sie so schön verdient haben.
Sie spielen nämlich nicht immer auf der
Promenade.
Nur an den Wochenenden.

Heute ist Samstag.
Ich hab das überhaupt nicht mitgekriegt.
Komplett das Gefühl für Zeit und Wochentage
verloren.
Wie schnell das geht ...
Morgen spielen die beiden nochmal.
Am Montag müssen sie wieder studieren.
Sie studieren beide Musik.
Und spielen noch ganz viele andere
Instrumente.
Und singen können sie! Zum kaputtgehen.
Morgen, sagen sie, sollte ich auf jeden Fall
noch bleiben und mich ausruhen.
Au - cool, sage ich, da könnte ich euch doch
helfen. Ich kann Flöte spielen.
Das wollten sie jetzt aber wissen.
Und ich hab spielen müssen.
Au - weh! Die waren gar nicht mit mir
zufrieden.
Alleine, meinten sie, würde ich damit schon
durchkommen. Weil die Leute dann Mitleid
mit mir haben würden. Das begabte junge
Ding und so ...
Und haben mich geknufft, damit ich nicht
traurig bin.
Keine Sorge, hab ich gesagt, ich will ja
schließlich Philosophin werden.
Es dürften auch Philosophen musikalisch sein.
Was ich auch wäre, soviel hätten sie schon

herausgehört. Es fehlte mir nur die Übung.
Aber Moment ...
Und dann haben sie ein Tamburin
herausgeholt.
Und wir haben gespielt und gesungen und
getrunken den ganzen Abend.
Und nun bin ich engagiert.

(auf der Promenade)

Es war richtig schön.
Und was für eine geniale Tamburinspielerin ich
bin!
Und gesungen haben wir.
Das heißt, ich nicht so.
Weil ich den Text nicht kannte.
So richtig alte Volkslieder.
Und so richtig schön.
Ich sags doch.
Aber als Hüterin bin ich erste Sahne.
Als HutHerumTrägerin.
Als Spendeneintreiberin. Hihi!
Erste Sahne.
Rekordeinnahme!
Davon sind wir dann abends essen gegangen.
Ich hab aber auch was dazugelegt.
Das gehört sich so.

Und es ist ja auch das erste Geld, das ich
überhaupt ausgegeben habe.
Also cool alles soweit.
Und noch cooler.
Die beiden haben mir ein Handy geschenkt.
Ein Altes. Ist sogar noch Guthaben drauf.
Das hatten sie mal für unterwegs gebraucht.
Der Hammer!
Paradiesische Zustände.
Das Handy hatte ich auch noch nicht
angerührt.
Das alte, meine ich.
Oder doch, ja. Knuts Nummer aufgeschrieben.
Die hab ich mir zum Glück aber auch in die
Kladde notiert.
Was bin ich für ein kluges Mädchen.
Ach ja, Mönsch Knut! Den muss ich unbedingt
mal wiedersehen.
Wenn das alles vorbei ist und ich zurück bin.
Und dann werde ich ihn so richtig verwöhnen.
Und ihm ne Bockwurst spendieren.
Und nach Bremerhaven mit ihm hin.
Zu den Terminals.
Auf jeden Fall aber ans Meer.

(Köln-Porz)

Es war dumm. Ich hab Scheiße gebaut.
Ich hab am Rhein rumgedaddelt, obwohl ich
mich schon nach dem Frühstück verabschiedet
hatte.
Die beiden mussten ja studieren gehen.
Also bin auch los. Und hab rumgedaddelt.
Nämlich so ...

(Wörter. Wörter)

Da sind Halluzinationen.
Und Hypothesen.
Und ich bin eine Hospitantin.
Ich hyperventiliere.
Ah! Ich liebe Wörter.
Ich liebe alle Wörter.
Ich könnte sie umarmen.

Ich bin ein Sonnengeflecht.
Ein Geflecht. Das ist ein Gänsehautwort für
mich.
Wo es mich schuddert.
Schuddern ist ein plattdeutsches Wort.
Im Platt hat es mehr was mit frieren zu tun.
Wenn einem fröstelig wird.

Für mich aber ist es was Seelisches.
Das mir den Rücken runterläuft.
Eine Ahnung. Dass da was ist.
Etwas Unheimliches.
Oder etwas, das Abscheu erweckt.
Wie ein Geflecht.
Ein Ekzem. Eine eitrig offene Wunde.
Wenn ich daran denke, schuddert es mich.

Ich habe eine Freundin.
Die heißt auch so ähnlich wie ich.
Und die liebt Wörter vielleicht noch mehr als
ich.
Die liebt sie so sehr, dass sie sich neue
erfindet.
Die setzt sich hin. Und denkt nach.
Schon hat sie sich ein neues Wort erfunden.
Und ich hab den Kopf geschüttelt.
Ist das denn nötig, hab ich sie gefragt.
Der Horizont erweitert sich, hat sie gesagt.
Und ich hab sie gewähren lassen.
Und mir keine großen Gedanken darum
gemacht.
Ist doch alles da, hab ich mir gesagt.
Und reicht doch, wenn ich dem Wort eine
Bedeutung gebe.
Das ist ein Fehler gewesen.
Ich denke jetzt anders darüber.
Und ich will aufschreiben, warum das so ist.

Kalt.
Kalt ist ein Wort, das steht einfach so da.
Ich kann mich kalt fühlen.
Innerlich wie äußerlich.
Körperlich kalt. Physisch.
Aber auch meine Seele kann sich kalt
anfühlen.
Weil ich einsam bin.
Weil ich mich einsam fühle. Und verlassen.
Wieder einmal.
So wie jetzt hier am Rhein.
Und es gibt kein Wort dafür.
Für genau das Gefühl, das ich jetzt habe, gibt
es kein Wort.
Ich finde keines. Ich suche und wühle.
Aber da ist nichts.
Und ich frage mich, ob meine Freundin wohl
eines finden könnte.
Wenn sie jetzt an meiner Stelle wäre.

(Graffiti)

Ich vermute
dass es Wissende gibt
sicher
bin ich mir nicht
halte es auch

nicht für notwendig
wenn es keine Geheimnisse gäbe
und keine Köpfe
in denen Geheimnisse
verpackt blieben
ich werde im Regen
einen Hering entgräten
und ein Loch in die Wand bohren
dort
wo das Wort 'FUCK U' endet
vielleicht
wird sich jemand angesprochen fühlen

Und weil mir das noch nicht genug war, habe
ich weitergedaddelt.
Das ist auch so ein Wort, das ich liebe.
Hey!

(Nachdenkungen)

Arroganz.
Eine Wolke im Nebel.
Hihi!
Ich bin schön.
Ich bin klug.

Ich bin eine begnadete Analytikerin.

(Hab ich das schon erwähnt?)

Ich bin arrogant.

Ich werfe die Haare zurück.

Mit einer Kopfbewegung, die ich einstudiert habe.

Echt. Vor dem Spiegel.

Hab ich perfekt drauf.

Es gibt aber auch eine zweite Variante.

Ich streiche die Haare mit der Außenseite der linken Hand zurück.

Linke Hand. Übers linke Ohr.

Sieht seeeehr arrogant aus.

Ich spiele Arroganz.

'Arroganz ist das Selbstbewusstsein des Minderwertigkeitskomplexes.'

Hab ich irgendwo gelesen.

So ein Quatsch.

Das kann nur einer geschrieben haben, der vor Neid erblasste, als er mich sah.

Rot wurde. Und es trotzdem wagte, mich anzusprechen.

Stotternd natürlich.

Er wollte mich von sich überzeugen.

Soooo doch nicht!

Ich hab nur gelacht. Und die Haare zurückgeworfen.

Und ihn mit einem Wort vernichtet.

Mit einem Wort!

Welches das war, sag ich aber nicht.
Vielleicht kann ich es ja nochmal gebrauchen.
Ja. Ja - Ja.
Ich bin klug.
Ich bin schön.
Ich bin arrogant.
So.
Und es gibt Menschen, die aus Unsicherheit
arrogant wirken.
Wirken. Wohlgemerkt.
Das ist es dann auch. Durchsichtiges Gehabe.
Was zählt, ist die spielerische Arroganz.
Das bin ich.
Noch Fragen?

Eine ganze Menge Fragen hätte ich mir stellen
sollen.
Hab ich aber nicht. Ich war so richtig rundum
zufrieden.
Weil ich so schön nachgedacht und auch noch
ein Gedicht geschrieben hatte.
Na also super, oder?
Nicht mal gegessen hatte ich was.
Bin irgendwann einfach aufgesprungen.
Und los.
Mit der Straßenbahn nach Porz.
Da ist es schon Abend gewesen.

Porz fand ich gut. Ich dachte, dass ich von dort aus besser nach Süden durchstarten könnte.

Also - nach Frankfurt hin.

Das war ja eigentlich nicht verkehrt.

Aber es war die falsche Seite.

Das, was die Kölner die Schäl Sick nennen.

Das ist so, wie bei uns Harburg ist.

Ganz nett soweit.

Aber eindeutig die falsche Seite der Elbe.

Und hier ist es der Rhein.

Falsch. Falsch.

Und wenn es dich erstmal auf dem falschen Fuß erwischt, bist du geliefert.

Gewusst hab ich es nicht.

Das Wissen kam erst später.

Das Erkennen.

Ist ja immer so.

Also - ich bin da ganz locker gestanden.

Ganz dezent.

Und es hat ja auch gleich einer angehalten.

Der Falsche.

Also - auch wieder nicht.

Da kann er doch nichts dafür.

Sag ich mal so.

Obwohl es mich ganz schön fett erwischt hat.

Die fette Beute. Oder so.

Und ich hab falsch reagiert.

Komplett falsch.

Falsch.

Weil ich ihn hätte retten können.
Ich weiß das jetzt.
Jetzt ist es zu spät.

(der Andere)

Ich nenne ihn mal den Anderen.
Weil er keinen Namen nannte.
Weil er so ganz anders war.
Ein Melancholiker, der Debussy hörte.
Das war mein erster Gedanke.
Klein, untersetzt, der Typ, der zur Dicklichkeit
neigt.
Aber eine sympathische Dicklichkeit.
Gibt es ja, sympathische und unsympathische
Dicke.
Jedenfalls bei mir ist das so.
Fettwänste, Biersäufer, Rumkrakeeler,
Schlägertypen.
Das sind die Fieslinge.
Er war der Nette. Aber auch still.
Ich sags ja: Debussy. Nocturnes. Nebelmusik.
Nebel war nicht, aber die Sonne war am
Untergehen.
Reden wollte er schon. Sonst hätte er ja nicht
angehalten.
Aber erstmal musste ich.

Hab ich ihm also von der Himmelsleiter
erzählt.
War wohl nicht so die Idee.
Er ist noch mehr in sich reingekrochen.
Nicht mein Tag.
Wo ich doch so wild losgelegt hatte.
Aber das gibt's.

Und dann hat er doch gesprochen.
Wir sind durch die Nacht gefahren.
Und er hat geredet.

(Begegnungen)

Wilde Augen. Es lag keine Angst darin. Sie
streckte mir ein kleines silbernes Kreuz
entgegen, das sie an einem Kettchen um den
Hals trug. So ein kleines Kreuz, kaum
wahrnehmbar, wie sie es zwischen Daumen
und Zeigerfinger hielt. Das Kettchen war zum
Zerreißen gespannt. Bald würde der Druck die
feinen Glieder sprengen. Sie zitterte, das kleine
Mädchen. Nicht nur ihre Hände zitterten, am
ganzen Körper zitterte sie. Und doch war noch
immer keine Angst in ihren Augen zu
erkennen. Doch eine Erwartung lag darin. Wie

kann man nur so verderbt sein, dachte ich.
Und riss ihr das Kettchen vom Hals.

Mir war kalt geworden.
Nein, Angst hatte ich keine. Es galt ja nicht
mir. Das spürte ich.
Im Gegenteil. Ich war ein Strohhalm für ihn.
Ein Rettungsanker.
Nun hieß es cool bleiben. Ganz besonders
cool.
Klaren Kopf bewahren, Lissa.
Und anstrengen solltest du dich.
Nun kommt es darauf an.

(Parkplatz, einsamer Parkplatz)

Siehst du.
Und da schleudert
der Feuermond seine Flammen
einfach so zu Tal
als ob nichts wäre.
Ich habe nichts gedacht.
Ich warte auf diesem Parkplatz.
Der Parkplatz ist leer.
Nur wir.
Mitten in der Nacht.
Er ist pinkeln gegangen.

Der von kleinen Mädchen träumt.
Wenn er pinkeln gegangen ist.
Ach, Scheiße.
Er wird sich einen runterholen.
Und? Was ist?
Ich bin mir völlig sicher.
Und ich bin sicher. Ich.
Mich würde er nie anrühren wollen.
Ich bin zu alt.
Zu alt für ihn.
Und die Bäume rücken auf mich zu.
Immer näher kommen sie.
Und so einen klaren Himmel habe ich noch nie
gesehen.
So viele Sterne also gibt es.
Und es sind sicher noch mehr.
Irgendwo.
Wo der Himmel noch klarer ist.
Klarer braucht er nicht zu werden.
Ich sehe klar genug.
Siehst du.
Er würde niemals einem kleinen Mädchen
etwas antun.
Und da sind die, die es tun.
Und wie viele sind es, die nichts tun?
Die nur davon träumen.
Und ich habe Angst.
Solche Angst.

Nicht um mich.

Um ihn.

Und die Bäume rücken immer näher.

Was für Bilder bewegen sich in einem
Menschen?

Was ist das?

Und wo kommt es her?

Ich kann es nicht begreifen.

Und die Bäume rücken immer näher.

(das wahre Leben)

Das wahre Leben beginnt dort, wo man
seinem Denken einen Riegel vorschiebt. Weil
es gefährlich wird.

Bei den meisten Menschen ist das nicht so
schlimm.

Also, ich meine, wenn sie den Riegel
zurückschieben würden.

So wie ich es getan habe. Aber eigentlich nur
halb. Klar, ich bin abgehauen. Aber ich kann
jederzeit zurück. Ich will ja auch zurück. Ich
werde Ärger kriegen. Nicht nur mit Melli und
John, auch in der Schule. Ich werde ein Jahr
später erst das Abi machen können. Das ist es
dann aber auch. Mehr habe ich nicht zu

befürchten. Ich kehre zurück ins reale Leben. Ich habe am wahren Leben nur geschnuppert. Aber was wäre, wenn einer wirklich abhauen würde? Wenn er sich heimlich einen Rucksack kauft. Und eines Morgens verschwindet. Wenn er seine Familie zurück lässt. Und nach Süden zieht, oder nach Norden, irgendwohin, weg. Ohne einen Ton zu sagen.

Den Riegel zurückziehen, einen Schlussstrich ziehen, ein neues Leben, das wahre Leben. Tausend Filme handeln davon, wenn ich es mir jetzt so überlege. Und wahrscheinlich zehntausend Bücher.

Aber was ist, wenn der Riegel zurückgeschoben wird und etwas sehr schreckliches dahinter lauert. Wie bei ihm. Dort lauert der Tod. Wenn er den Riegel zurückschieben würde. Der Tod von kleinen Mädchen. Ich will gar nicht daran denken. Jekyll und Hyde. Genau diese Geschichte. Und darum muss der Riegel vorgeschoben bleiben. Und man muss ihm dabei helfen, dass er vorgeschoben bleibt. Und ich habe ihm nicht geholfen dabei. Und das macht mich traurig. Weil ich versagt habe. Und wer weiß, was jetzt mit ihm geschieht ...

Als er von der Toilette zurückkam, habe ich
ihm gesagt, dass ich nicht weiter mitkommen
würde.
Er hat mich nur ganz traurig angeblickt.
Ja, hat er gesagt, es ist wohl besser so.
Dann ist er weitergefahren.
Und ich habe mich gehasst.
Und dann habe ich etwas getan, wofür ich
mich genauso schäme. Und noch mehr hassen
sollte.
Aber das kommt erst jetzt wieder in mir hoch,
wo ich es aufschreibe.
Und gleichzeitig glaube ich, dass es richtig
gewesen ist.
Nein, ich weiß es nicht. Aber es war so wie es
ist. Ich war einfach nur durcheinander.
Ich habe mich auf eine Bank gesetzt und auf
die Bäume gestarrt.
Und mir ganz fest vorgenommen an ganz
etwas anderes zu denken.
Und es hat geklappt.
Verdrängung nennt man das wohl.

(Giannozzo 1)

Ich würde die Welt gerne wie der Luftschiffer
Giannozzo betrachten.
Von oben herab, sehr philosophisch, mit
einem leicht spöttischen Unterton.
Jedenfalls - so stelle ich es mir vor.
Ich weiß nichts davon. Der Steppenwolf hat es
gelesen, dann muss es was Gutes sein.
Ich werde jemanden suchen, der mir berichten
kann.
Oder - noch besser - der es mir zu lesen gibt.
Oder - noch noch besser - der es mir vorliest.
Das fände ich schön.
Die Zeit muss sein. Die Zeit nehme ich mir.
Ich werde mich von nun an Larissa Giannozzo
nennen.
Das klingt verdammt gut, finde ich.
Und ich werde allen erzählen, dass ich mich
auf der Suche nach meinem Vor-Vorfahren
befinde.
Nach eben jenem legendären Luftschiffer.
Wenn das nicht beeindruckend klingt ...
Ich weiß noch, wie ich John danach gefragt
habe.
Nach dem Luftschiffer. Und nach Jean Paul,
seinem Autor.
Jean Paul, habe ich gedacht, wer sich so nennt,
der muss doch der Hammer sein.

Also habe ich John gefragt.
Der hat gelacht und abgewunken.
Das wäre nichts für mich, hat er gesagt, das
wäre überhaupt für niemanden was. Nicht
mehr.
Literatur, hat er gemeint, hätte eine Verfallszeit
von 200 Jahren. So ungefähr. Danach wäre sie
unlesbar geworden. Nur noch was für
Spezialisten. Und Jean Paul, der wäre schon
nach 100 Jahren nicht mehr lesbar gewesen.
Und typisch, dass der Steppenwolf ihn noch
hat lesen können.
Genau, hab ich geantwortet, darum werde ich
ihn auch lesen. Und eine Spezialistin werden,
wenn es sein muss.
Bin ich dann aber doch nicht geworden.
Es kommt einem ja immer was dazwischen.
Das Leben, und so.
Und so hab ich das auch wieder vergessen.
Und jetzt kommt es wieder in mir hoch.
Dass ich fliegen könnte. Ich bräuchte nur die
Arme auszustrecken.
Schon würde ich im Weltraum schweben.
Weil alles so unweltlich ist um mich rum.
Dieser Parkplatz mit den seltsamen Lichtern.
Diese gelbangestrahlte Pinkelbude ist doch
ein Ufo reinsten Wassers.
Die Sterne plieren wie doof.
Schaukelschwestern.

Und die Bäume sowieso.
Die heben ihre Wurzeln aus dem Boden. Total
unheimlich. Und dann geht es einen Schritt
voran. Dann müssen sie wieder
durchschnaufen.
Und ich kann sie hören. Ich höre sie.
Fürchten tu ich mich nicht. Aber es ist
unheimlich, das schon.
Und wenn sie kommen ... werde ich fliegen
können. So wird es sein.
Weil ich die wahre Tochter des Luftschiffers
Giannozzo bin.

(Giannozzo 2)

Und nun fliege
Meister der Lüfte
Giannozzo
mit all deinen Sinnen
Empfindungen
Erinnerungen
die reizen die Phantasie
fliege hoch
fliege noch höher hinaus
tauche dein Auge
ins düstere Blau
oh Himmel!

du müsstest jetzt
aufstampfen vor Lust
hörst du es nicht?
dieses Jauchzen
Jubilieren
von tief
tief drinnen
hoch hinaus
es ist deine Einbildung
sie
sie allein
die taucht dich
in schillernde Diffusion
Arkadien
und die elysischen Felder
sie breiten sich unter dir aus
du gleitest über sie hinweg
Hoffnung Liebe Glück
es ist alles da
es ist alles aufgehoben
und fortgezogen
hoch
und noch höher hinauf
ins Zauberreich der Phantasie

(der Fremde 1)

Ein Wagen kommt eingerollt.
Ein kleiner schwarzer VW.
Ein Typ steigt aus.
Schon einiges was älter.
Ach! Der hat angehalten um eine zu rauchen.
Steckt sich die Zigarette an.
Steht da. Raucht.
Und betrachtet die Sterne und die Schatten.
So wie ich das getan habe.
Ich glaube, den quatsche ich an.
Der wird mich weiterbringen.
Ich geh auf ihn zu.
Er sieht mir entgegen.
Ganz ruhig. Er hat mich wohl schon bemerkt.
Hat mich erwartet.
Komisch.
Ich frag ihn, ob er mich bis zur nächsten
Raststätte mitnehmen könnte.
Sage ihm, dass ich hier weg muss.
Er nickt. Sagt: Ja klar. Fragt gar nicht weiter
nach.
Stattdessen bietet er mir eine Zigarette an.
Ich nehme sie. Manchmal kann das gut tun.
Ich paffe. Jetzt tut das gut.
Wir stehen da.
Betrachten die Schatten und die Sterne.
Die immer näher rücken.

Er sagt mir das.
Diesmal bin ich es, die nickt.
Ja, sage ich. Ich weiß.
Er nickt wieder.
Als ob ihm klar wäre, dass mir das klar ist.
Wie wir fertig sind mit dem Rauchen, steigen
wir ein.
Er stellt Musik an.
Coldplay.
Summt mit.
Bewegt sich ganz leicht zum Rhythmus.
Wie traumverloren.
Bist du verliebt? Frage ich. Einfach so.
Ohne weiter darüber nachgedacht zu haben.
Es war mir so eingekommen.
Er schaut zu mir rüber. Ernst.
Ja. Sagt er.
Unglücklich? Frage ich.
Unglücklich? Wiederholt er meine Frage.
Wiegt den Kopf.
Nein. Ich würde eher sagen kompliziert.
Ah! Sage ich. Verstehe.
Und ich habe es tatsächlich verstanden.
Irgendwie schon. Und ich weiß auch nicht wie.
Er sieht zu mir hin. Und lächelt.
Traumversunken.
Ich lächele zurück.

(Bockwurst essen)

Du darfst mich zu einer Bockwurst einladen.
Aber gerne. Er lacht. Was verschafft mir die
Ehre?
Er hat es gerafft.
Es war nur so eine Idee von mir. Aber eine
gute.
Weil er so ist wie Knut.
Er labert nicht rum. Er stellt keine dummen
Fragen.
Weil er die Antworten kennt.
Und wenn ich ihn frage, kennt er die
Antworten auch.
Ich weiß nur noch gar nicht, was ich ihn fragen
soll.
Es tut mir einfach gut mit ihm zusammen zu
sein. Gerade jetzt.
Und dann frage ich doch, und frage nach
Giannozzo.
Na klar. Hab mich einfach nicht beherrschen
können.
Und, na klar, er weiß Bescheid.
Und erzählt mir genau dasselbe wie John.
Aber haargenau.
Ich wäre nur enttäuscht, sagt er.
Ich sollte es mir besser so vorstellen, wie ich es
meine.
Na, das stimmt schon.

Lesen möcht ich es doch, sage ich.

Wär nichts gegen einzuwenden. Nur, bis dahin hast du längst deine eigene Geschichte geschrieben.

Woher kennt der mich?

Während des Essens erzähle ich ihm von den Nachdenkungen.

Er kaut und nickt.

Dann krame ich meine Kladde raus und lese ihm die Geschichte mit dem Einsiedlerkrebs vor.

Gut, sagt er. Sehr, sehr gut. Lass uns eine rauchen gehen.

Was war das denn jetzt?

Eigentlich rauche ich ja nicht.

Auch gut. Dann rauche ich, und du erzählst mir noch was.

(der Fremde 2)

Und dann sind wir raus. Haben noch einen Kaffee mitgenommen. Haben uns da hingesetzt, er hat sich eine angesteckt.

Und dann hab ich ihn noch was gefragt.

Wegen dem Anderen. Ob ich was hätte sehen können. Ob es eine Umkehr hätte geben können.

Eine Ahnung dessen. Vielleicht.

Was war denn das für eine Antwort?

Ich hakte nach.

Er schaute verwundert.

Eine Ahnung. Wie ein Weizenhalm.

Du stehst auf einem Feld von Weizen.

Und da ist dieser eine Halm.

Den siehst du.

Den fühlst du.

Du fasst ihn an.

Ein Weizenhalm.

Und? Fragte ich.

Das ist es. Erst auf dem Heimweg fällt es dir ein. Und selbst wenn du sofort umkehren würdest, du würdest ihn nicht wiederfinden können.

Scheiße! Sagte ich.

Er nickte.

Es hätte können sein. Vielleicht.

Ich wagte mich vor.

Ob es in der Liebe genauso geht?

Es geht immer so.

Immer?

Nein. Manchmal kniest du dich nieder. Und weißt es genau.

Und dann war ein Lächeln um seinen Mund.

Dass ich ihn hätte küssen mögen.

Hab ich aber nicht.

Ich hab ihn zum Auto gebracht.

Er öffnete die Beifahrertür, klappte den Sitz
nach vorne und fingerte auf der Rückbank
rum.
Schien fündig geworden, tauchte wieder auf
und drückte mir ein Buch in die Hand.
Ein Abschiedsgeschenk.
Ich nickte. Lächelte. Brachte aber keinen Ton
raus.
Er nickte. Lächelte. Sagte aber auch nichts
mehr.
Stieg ein. Ruckelte sich zurecht und startete
den Motor.
Weg war er.

(Neugierde)

Ich geh wieder rein und hol mir noch einen
Pott Kaffee.
Kann ich nie genug von haben.
Und jetzt erst recht.
Ein Buch.
Nö. Der Giannozzo wird es schon nicht sein.
So viel Zufall gibt es gar nicht.
Alsooo -
Ja. Schön ist es. Fester Kartoneinband, ganz
schlicht. Es riecht nach Buch. Es ist gut, wenn

ein Buch nach Buch riecht. Ich meine - keine
Chemie, kein Klebstoff, so ein Zeug. Ein Buch.
Ich rieche und schnuppere daran. Vielleicht
habe ich sogar mit der Zunge ...
Ein Buch, das schmeckt wie Himmel und
Papier.
Im Ernst.
Werner Lutz, lese ich. Bleistiftgespinste, der
Titel.
Das gefällt mir. Das lässt Platz. Das lasse ich
Platz nehmen mit mir, vor mir auf dem Tisch.
Neugierig bin ich. Gespannt.
Also los.
Und lesen tu ich.
Ja.
Ich lese.
Was ist das für einer, denke ich.
Einer, der sitzt und denkt.
Manchmal geht er vielleicht spazieren.
Und sieht.
Und merkt sich das genau.
Überlegt es sich. Und schreibt es auf.
Einfach so.
Einfach ist das nicht.
Ich lese. Es gefällt mir gut.
Das sind Dichterworte, die er da schreibt.
Ich habe einen Dichter gefunden ...
Wo hab ich das denn mal gelesen?
Ach, egal.

Dichterworte.

Ich finde, das trifft es sehr gut.

So spricht kein Mensch. Das sind Worte, die muss man suchen. Die finden sich nicht einfach so.

Oder doch? Vielleicht finde nur ich sie nicht. Weil ich kein Dichter bin. Ich bin glaub ich zu normal dazu.

Hihi! Ich, und normal ...

Aber was solls. Dichterworte.

Schnabeljubel zum Beispiel. Eine Amsel, die schnabeljubelt. Ja klar. Also bitte. Hab ich mir noch nie so überlegt. Eine Amsel, die schnabeljubelt könnte Calypso tanzen in den Hecken.

Ein Buchstabe brennt ...

Brennt mir unter den Nägeln. Brennt sich ein ins Papier, das Feuer fängt. Brennt alles nieder. Mir wird schwummerig vor Augen, Kaffee hin oder her.

Ich glaub, ich schlag mich mal in die Büsche. Ich bin schlafbestäubt. Aber unbedingt.

(Raststätte)

Ein Sonnentag ist ganz was Schönes. Ich verdöse ihn auf dem Rasthof. Ich sitze etwas abseits unter einem Baum und schaukele meine Kladde auf den Knien. Schreibe aber nicht. Ich schließe die Augen bis mir gelb von der Sonne wird. Dann mach ich die Augen auf. Und sehe das Buch. Und wundere mich. Wer bist du denn, frage ich. Und: Was mache ich denn hier? Ganz einfach. Dösen.

Die Leute von der Gaststätte kennen mich schon. Dort kann ich mein Handy aufladen lassen. Wenn ich etwas trinken will stelle ich mich vor den Eingang hin. Irgendjemand spricht mich schon an. Von dem lasse ich mir dann was spendieren.

Es ist eigenartig wie oft ich angesprochen werde. Das bin ich gar nicht gewohnt. Kann sein, dass die alte Kategorie mit dem 'besonders schön' nicht mehr stimmt. Nach so vielen Tagen unterwegs. Aber wenn ich auf die Toilette gehe und mich im Spiegel betrachte, fühle ich mich ganz normal. Aber das hat ja nichts zu bedeuten. Vielleicht bin ich ja auch in eine ganz neue Kategorie gerutscht. In die Kategorie 'Einsames hilfloses Mädchen'. Da ist das 'besonders schön' dann aufgehoben. Eigentlich passt mir das gar nicht. Das könnte gefährlich werden. Bis jetzt war aber noch nichts. Vorhin stieg einer nicht weit von meinem Baum aus seinem Wagen. Kam gleich zu mir hin und fragte, ob er mich mitnehmen könnte. Ich habe dankend abgelehnt und mich stattdessen zum Essen eingeladen. Das hat er ohne mit der Wimper zu zucken akzeptiert. Er ist total nett. Ein Geschäftsmann, der ganz bis nach Augsburg fährt. Das ist natürlich verlockend. Aber es passt nicht zu meinem neuen Plan. Ich hab ihm von meiner Großmutter erzählt. Natürlich nicht die wahre Geschichte. Und hab sie gleich noch in einer ganz anderen Richtung angesiedelt. Schade, sonst wäre ich gerne mitgekommen. Er fand es auch sehr bedauerlich. Wirklich nett. Und ich lächelte nett.

Dann hat er mir noch einen Kaffee hingestellt und sich verabschiedet. Und ich hab den Kaffee getrunken und das hier alles aufgeschrieben. Gleich geh ich wieder unter meinen Baum. Doch wenn die Sonne untergeht geh ich zu den LKW-Fahrern rüber. Da wird sich schon was finden. Das dumme Gefühl von vorhin ist weg. Ich habe keine Angst. Ich vertraue meiner Welt. Es ist doch die Lissa-Welt, und die ist gut. Jedenfalls komme ich damit klar. Ich trinke den Kaffee aus. Immer besser.

(der Wasserfall)

Das Rauschen der Autobahn.
Wie ein Wasserfall.
Und die Autobahn ein großer Fluss.
Der durch den Urwald führt.
Und schon ist man ganz woanders.
Hoch im Norden von Kanada.
Wo die großen Bären und die Adler sich um
die Lachse raufen.
Oder am Amazonas.
Ich gehe runter zum Fluss.
Und halte meine Zehen ins Wasser.
Schon kommen die Piranhas.
Ihhhhh!
Aber es kribbelt eigentlich nur ein wenig.
Ich ziehe den Fuß aus dem Wasser zurück.
Der ganze große Zeh ist abgenagt.
Nur noch Knochen.
Igitt!
Aber es ist herrlich!
Sich das vorzustellen.
Und es hat wirklich nur ein ganz klein wenig
gekribbelt.
Und der Knochen ist weiß.
Ganz weiß.
Zart. Und rein.
Von reiner zarter Weißheit.
Du glaubst es nicht.

(der Surrealist)

Ich hab keinen passenden LKW-Fahrer
gefunden.
Ich glaub, ich bin wählerisch geworden. Oder
immer noch durcheinander.
Wahrscheinlich beides. Und immer noch
unzufrieden mit mir.
Nee, eigentlich nicht. Ich weiß es nicht.
Zwischendurch war ich es ja nicht.
Jetzt wieder. Es ist einfach alles zu viel für
mich.
Darum bin ich ihm schon dankbar, dass er
mich aufgelesen hat.
Aus der Finsternis. Weil, auch das kommt ja
noch dazu.
In letzter Zeit hab ichs ganz schön dolle mit
Dunkelheit und Finsternissen.
Reichlich zu dolle nach meinem Geschmack.
Dabei war er es, der den Schrecken hatte.
Wie ich so aus dem Schattenreich der Bäume
trat.
Mit meinem pinken Haar und den bunten
Klamotten.
Geheimnisvoll und gefährlich wie eine Dryade.
Haha! Da hats ihn erwischt, den Surrealisten.
Und warum Surrealist?
Da muss ich eben mal ausholen.

Frank heißt er. Literaturwissenschaft studiert
er. In Frankfurt. Da will er jetzt auch hin. Das ist
das Beste von allem.
Oder gibt es noch mehr?
Oh ja!
Die Sache mit dem Surrealen natürlich.
Was das ist, hat er mir erklärt. Und mir die
ganze Zeit auf die Beine gestarrt.
Obwohl es noch dunkel war. Also, das will ich
ihm mal zugute halten.
Weil, wenn das nicht surrealistisch ist ...
Oder täusche ich mich da?
Während er mir auf die Beine starrte, betete er
mir das surrealistische Manifest daher.
Oder waren es zwei, oder drei?
Ich weiß es nicht mehr. Weil ich eingeschlafen
bin.
Und träumte surreale Träume.

(ich träume surreal)

Surreal. Das ist.
Wenn ich abhebe.
Und der Himmel voller purpurroter Schwalben
steckt.
Und ich bin ein Staubsauger.
Und brumme und röhre.

Staubsaugen tu ich aber nicht.
Ich guck Fernsehen.
Und mein Schlauch tastet den Bildschirm ab.
So geht das.
Das ist surreal.
Davon versteht keiner was.
Außer ich.
Weil ich bin.
Und die andern tun nur bloß.
Die denken sich was aus.
Die müssen sich richtig Mühe dabei geben.
Bei mir steckt es innen drin.
Ich hab das einfach so.

(und das Surreale?)

Ich glaube, Surrealismus ist ein Mangel an
Fantasie.
Entweder das, oder pure Faulheit.
Man behauptet das Ding an sich entdeckt zu
haben, und ist zufrieden.
Na ja, wenn man so leicht zu befriedigen ist.
Zum Glück sind nicht alle Surrealisten
Surrealisten.
Und dann gibt es natürlich noch die, die sich
nicht Surrealisten nennen, aber die wahren
Surrealisten sind.

Also Rimbaud, zum Beispiel. Der war zum
Schluss so weit weg, dass er gar nicht mehr
zurück gekommen ist. Der ist einfach dort
geblieben. Und der Rimbaud, der dann nach
Afrika abgehauen ist, war ein ganz anderer.
Oder - nee. Das war bloß noch sein Körper.
Mit gerade mal genug Geist um ans Laufen
und ans Geldverdienen zu denken.
Und die Essenz ist zurückgeblieben. Im
Surrealen. Im surrealen Raum.
Ob es so etwas gibt wie die Essenz eines
Menschen?
Bestimmt.
Ganz bestimmt sogar.
Von jedem Menschen gibt es das.
Sie ist mal größer und mal kleiner, mal
bedeutender und mal unbedeutender.
Aber nee. Das sind so blöde Bezeichnungen.
Das mag ich eigentlich nicht. Weil sie nicht nur
etwas bezeichnen, sondern auch festlegen.
Was gar nicht zu stimmen braucht.
Es kann doch jemand, von dem niemand
etwas erwartet, und der jeden Tag trottig an
seine Klempnerarbeit gegangen ist, die
absolute Wahnsinnsessenz hinterlassen
haben.
Also, was weiß ich, die dreifache Essenz von
Kafka oder so.
Und niemand weiß das. Das ist doch total

spannend. Irre ist das.

Aber, vielleicht, fällt mir da ein, tu ich den Surrealisten auch unrecht.

Oder habe die ganze Sache nicht verstanden.

Ich will ja mal nicht so sein.

Und trotzdem.

Denken nicht, und schreiben auf, was sie nicht gedacht haben.

Das gibt es doch gar nicht.

Also ich, ich sitze hier am Brunnen und schreibe genau auf, was ich denke.

Total unsurreal.

Und dieser Frank verschlingt mich mit seinen Blicken.

Und die sind dann vielleicht doch wieder surreal. Aber sowas von. Hihi!

Dafür darf er mir gleich einen Eisbecher spendieren.

Darauf hätte ich jetzt Lust.

Und dann bin ich weg.

Werde mich in Luft auflösen.

Als hätte es mich nie gegeben.

Das würde ich schon gerne sehen, wie er dann guckt, der Frank.

Brauch ich aber nicht.

Ich habe nämlich Fantasie.

(was ich noch sagen wollte)

Man braucht nur ein Haar in vier Teile zu
spalten, schon hat man einen Deutschen.

(nach Süden)

Und da bin ich also in Frankfurt.
Und Frankfurt gefällt mir nicht.
Die Stadt hat keine Struktur. Und fertig.
Also ab. Nach Süden. Immer nach Süden. Den
Murmeltieren das Rückenfell streicheln.
Und jetzt geh ich die Autobahn suchen.
Und ich gehe und gehe. Dann fahr ich mit der
Bahn. Dann mit dem Bus. Und gehe und gehe.
Es ist fürchterlich. Die öde Landschaft,
Stadtlandschaft, wie das so ist in den
Außenbezirken. Da, wo es sich ausfranst. Wo
es so richtig triste wird. Und man nur noch
weg will.
Ich. Und meine Gefühle.
Nach Süden. Den Gemsen falsche Bärte
ankleben.

(Kreuzverbindungen)

Und in der Spirale
eine Tangente
in der Tangente
eine Linie
gequert
Kreuzverbindungen
gibt es keine
ein
erinnere mich
nicht
Wortfetzen
ein Bündel Papier
vollgeschrieben
zerknautscht

(die Zweiflerin)

Ich bin eine große Zweiflerin.
Ich glaube, dass das Leben keinen Sinn hat.
Nun ist da aber die kleine Lissa.
Und die hätte gerne einen Sinn.
Und das klingt jetzt wie ein Widerspruch.
Ist es aber nicht.
Weil ich Lissa und Lissa bin.
Ich kann mich mal so und mal so sehen.

Wie in 3D.

Und wie in 3D kann ich mich drehen.

Und mir den Kopf abschrauben.

Soooo - wie am Bildschirm eben.

Und in dem Kopf sitzen dann zwei Lissas drin.

Die große Lissa und die kleine Lissa.

Sind aber eigentlich gleich groß.

Nur, die große Lissa macht einen auf erwachsen.

Und die kleine Lissa tut ganz klein.

Ist aber eigentlich ein ganz schönes Biest.

Raffiniert. Aber egal.

Also, die beiden sitzen da so im aufgeschraubten Kopf.

Ganz behaglich. Trinken Tee. Rauchen eine Shisha zusammen.

Und die große Lissa kann keinen Sinn erkennen.

Was eigentlich Quatsch ist, wo sie doch so erwachsen tut. Und Erwachsene können immer einen Sinn erkennen.

Oder vielmehr, sie suchen sich einen aus. Wie sie ein Kleid von der Stange nehmen. Und in dem Kleid bleiben sie dann hängen.

Oder Schuhe an, und Sinn erkennen. Ganz automatisch. Als ob sie eine Maschine wären. Da wird dann nicht mehr drüber nachgedacht. Das ist wie eingebrannt.

Ist natürlich auch nicht immer so. Es gibt auch

Erwachsene, die weiterdenken. Die können ihren Sinn wechseln. Die in meiner Familie zum Beispiel. Also - immerhin.
Tja, und da kommt nun die große Lissa daher, und die will gar keinen Sinn mehr erkennen.
Die stellt sich stur.
Das ist ja mal was.
Und dann?
Ist alles egal, oder wie?
Nöö, hat sich die kleine Lissa gesagt.
Da mach ich nicht mit.
Das aber eigentlich nur, weil die kleine Lissa immer dagegen ist, sich grundsätzlich querstellt.
Ohne groß darüber nachzudenken.
Diesmal hat sie aber nachgedacht.
Und den Kopf geschüttelt.
Mit allen Haaren.
Und dann hat sie gesagt: Ich weiß jetzt auch nicht, ob es einen Sinn gibt. Aber weißt du was, dann suchen wir uns einen. Und wenn es das Leben ist.
Das hat sie natürlich nur so dahergeredet.
Weil ihr nichts anderes einfiel.
Aber eigentlich ist das doch gar nicht so dumm.
Wenn einer sagt, das Leben hat keinen Sinn, dann sagt die kleine Lissa: das Leben ist der Sinn.

Und da möcht ich mal wen sehen, der
dagegen ankommen kann.

(Heidelberg)

Ich glaub, das Glück hat mich wieder.
Ein Lift, und ich bin in Heidelberg.
Den Typen, der mich mitgenommen hat, kann
man vergessen.
Kann aber auch sein, dass er richtig
denkwürdig war. Ich weiß es noch nicht.
Was war er denn überhaupt?
Entweder schwul oder ein Steinzeitmensch.
Mit mir gesprochen hat er nicht.
So grunzende Laute.
Ein Metal-Typ.
Hat sich die ganze Zeit diese Musik angetan.
Und mir auch.
Und gegrunzt hat er.
Also, ich hab mich entschieden.
Eindeutig denkwürdig.
Ein Glückskäfer. Hihi! Auch wenn er gar nicht
danach aussah.
Heidelberg gefällt mir.
Es ist schon spät, und ich weiß nicht, ob ich
Lust hab durch die Kneipen zu pilgern.
Lieber draußen pennen.

Die Sonne scheint, und es wird auch in der
Nacht schön warm bleiben.
Und es ist mir so danach. Immer noch.
Also werd ich mir was zu futtern und zu
trinken besorgen.
Und eine hübsche Bank am Fluss.
Der Neckar. Ein hübscher kleiner Fluss.
Bestimmt voller Nixen und anderer
Wassergeister.
Genau die richtige Nachtgesellschaft für
Larissa Giannozzo.
Aber morgen muss das anders werden.
Ich werde einkaufen gehen.
(nun ja - einkaufen - hihi!)
Raus aus den bunten Klamotten.
Mir ist so nach schwarzer Gothic-Queen.
Es wird sich schon was passendes finden.
Und eine Unterkunft.
Jemanden aufreißen, der eine Badewanne hat.
Eine große Badewanne. Mit zwei bis drei
Quietscheentchen.
Und mit den Haaren könnte ich auch mal was
unternehmen.
Ich bin unternehmungslustig.
Hundertpro.

(Straßen und Menschen)

Lange geht man, und kommt auf einen Platz,
dem alle Straßen sich öffnen.
Der Platz verschluckt sie, und dann sind sie
fort.
So ist das mit den Menschen.
Wir gehen und gehen, und dann sind wir fort.
Tot. Oder vergessen. Haben uns vergessen.
Haben einer den anderen vergessen.
Ist doch so.
Weil wir Menschen wie Straßen sind.
Wir gehen und begegnen wem. Mit dem
gehen wir ein Stück. Dann streiten wir uns,
oder verlieren uns aus den Augen.
Und gehen und gehen.
Tunnel tauchen auf, wie U-Bahn-Schächte. In
die tauchen wir ein.
Manchmal versickern wir darin.
Sind wie Spiegelbilder, die sich auf der
schwarzen Tunnelwand abbilden. Wir schauen
auf, wir schauen hin, und wenn wir
zurückschauen, auf unsere Hände, auf unsere
Knie, sind wir zwar nicht verschwunden, noch
nicht, doch wir sind andere geworden. Auch
das Buch, das wir in der Hand hielten, ist ein
anderes geworden.
So tauchen wir auf der anderen Seite auf, und
tauchen ein in ein neues Licht.

Das ist grell und blendet wie eine
Herbstsonne, die niedrig steht und dir direkt
in die Augen sticht.
Und du gehst weiter.
Weil das Weitergehen ein Mechanismus ist.
Den hast du nicht abgelegt. Der ist an dir
haften geblieben. Wie ein Staubkörnchen,
ganz klein, und doch treibt es dich voran.
Dabei möchte ich stehen bleiben. Das tue ich
jetzt auch. Und nicht nur das. Ich setze mich
dort auf die Bank und betrachte einen Baum.

(Silberpappel)

Eine Silberpappel habe ich gefunden.
Ich denke, das ist eine, weil die Blätter an der
Unterseite deutlich heller sind.
Und deutlich silbrig schimmern. Wenn ich
lange genug darauf hinschaue. Und es mir
gründlich einrede.
Der Stamm ist auch so wie ich denke, dass ihn
eine Pappel hätte, haben müsste, was weiß ich,
glatt, mit irgendwelchen Ruffelungen,
Einkerbungen ...
Hätte in Bio besser aufpassen sollen.
Silberpappeln. Aber die Einkerbungen sind

echt geil. Ein Fisch, der aussieht wie ein Quastenflosser ...

(ha! irgendwie hab ich doch aufgepasst)

Ich kann viel erzählen. Es sieht mich ja keiner.

Weder Quastenflosser noch Biolehrer.

Aber das kann mir ja alles egal sein.

Und ich wollte doch von dem Baum erzählen.

Und wollte eigentlich poetisch sein.

Oder das, was ich mir darunter vorstelle.

Bin völlig vom Weg abgekommen.

Was lässt sich denn über Bäume so sagen?

Dass sie nützlich sind, wenn die Sonne knallt, so wie jetzt.

Da kann ich im Schatten sitzen und meine Apfel-Grapefruit-Schorle trinken.

Cool.

Das ist schwer poetisch.

Hicks.

Aber mal im Ernst.

Ich lese gerne Gedichte.

Solche, wie in dem Buch, das der Fremde mir zum Abschied schenkte.

Wenn es was zum Nachdenken gibt. Wenn man über ein Wort oder einen Satz stolpert.

Und nochmal lesen muss.

Und mein Blick sich verliert ...

Darauf kommt es an.

Dass der Blick sich verliert an die Zimmerdecke. Oder in den Himmel.

Wo ich irgendetwas finden kann. Es muss ja
nichts besonderes sein.
Wenn der Habicht kreist. So wie jetzt.
Wenn ein Blatt ganz langsam von irgendwo
hergetaumelt kommt.
Dann seh ich mich bei John hinten im Laden
sitzen. In der Lyrikabteilung.
Und habe mindestens fünf Bände rings um
mich aufgeschlagen.
Wenn der Habicht kreist.
Sieht er mich? Nein.
Eine Wahrnehmung vielleicht. Die ihm sagt,
dass ich nicht zu verzehren bin. In meinem
jetzigen Zustand. Wo die Apfel-Grapefruit-
Schorle mir im Magen schwappt.
So viel zum Thema Silberpappel und Poesie.

(am Neckar)

Die Blätter treiben auf dem Wasser wie eine
kleine Armada.
Es muss keinen Untergang bedeuten, wenn
der Herbst beginnt.
Obwohl, was rede ich denn schon wieder vom
Herbst. Der ist noch weit weg.
Es muss an der kupfernen Kirchturmspitze
liegen.

Die dämmert schläfrig wie der alte Herr auf der Bank neben mir.

Er hat sich ein Tuch in Leopardenmuster untergelegt.

Ich schiele auf die Bohlen der Bank, auf der ich sitze.

'Up, up and away' lese ich, eingeritzt, eine Zeichnung ist hinzugefügt, anschaulicherweise, die Hinweis auf halsbrecherische Verrenkungen liefert.

Nacht, überlege ich mir, kann es nicht gewesen sein, als das alles hier der Nachwelt überliefert wurde.

Zu deutlich gibt sich jede Einzelheit zu erkennen.

Respekt, Respekt!

Ich schaue mich um.

Ob ich nicht ein Pärchen ausmache, das sehnsüchtige Blicke nach meiner Bank wirft.

Hinter der Silberpappel womöglich.

Die doch ganz ähnliche Einkerbungen hat.

Fällt mir gerade auf.

Zufälle gibt's.

Wenn es welche sind.

Mein Blick verliert sich. Geht sich mir verloren.

Schweift ab. Und kehrt zurück.

Nein, da ist niemand, der in Frage kommen könnte.

Wahrscheinlich sind sie in Urlaub.

Probieren andere Bänke aus, in anderen
Städten, verzieren sie mit ihren Anleitungen,
ein weltumspannendes Kamasutra.
Eine Aufgabe, die meine Anerkennung findet.

(Erwachen)

Der Tag ist wie ein Murmeltier.
Die Dächer leuchten.
Rot. Wie ein Katzenkopf.
Ich glaube, ich habe von dem Surrealisten
doch was gelernt.
Wo soll denn der Katzenkopf sonst
herkommen.
Ach was.
Das sind Bilder. Assoziationen.
Die kommen, ohne dass man sich
anzustrengen braucht.
Dazu braucht es Leichtigkeit.
Leichtigkeit kann man nicht lernen.
Und ein Schuss Genialität kann nicht schaden.
So einen Schuss habe ich.
Einen Schuss weg.
Einen Sprung in der Schüssel.
Die Schwalben über den Wiesen bauen sich
Luftschlösser.
Ich brauche nur ihre Fluglinien

nachzuzeichnen.
Es sieht so leicht und fließend aus.
Das ist Kunst. Glaube ich.
Das kann man nicht lernen.

Guten Morgen, Lissa, meine Liebe.
Guten Morgen, wer auch immer.
Ach, das war eine von den Nixen.

(ein unerwarteter Ausgang)

Da, wo ich herauskam in meinem neuen Dress.
Schwarz wie Nächte nie sein mögen.
Hab ich irgendwo gelesen.
Oder habe ich es mir selber mal hergedacht?
Egal. Passt.
Saß er da. Hat mich angesprochen.
Ich wusste sofort, dass er kein
Kaufhausdetektiv sein konnte.
Sah aus wie ein englischer Lord.
Kordhose. Weste, Fliege. Jackett, gemustert, so
wie - Salz und Pfeffer. Sagt man nicht so? Alles
in Brauntönen.
Ein Lord. So um die siebzig, schätzungsweise.
Kann aber auch älter sein, weil gut erhalten.
Hihi! Nee - ist aber wirklich so.
Und verdammt klug.

Fragt mich, wie ich das angestellt habe.

Wir wissen natürlich beide worum es geht.

Er muss schon vorher da gesessen haben.

Auf der Bank im Einkaufszentrum. Vor dem
Ausgang des Ladens, wo ...

Ich setz mich neben ihn.

Und er sagt, dass er mich zum Frühstück
einladen möchte. Es wäre mir doch bestimmt
lieber, wenn ich hier wegkäme.

Ich sags ja: verdammt klug.

Das sag ich ihm auch.

Er lacht. Streicht sich den grauen Bart.

Graue Haare hat er auch. Ziemlich lang. Und
einen Stock. Das fällt mir jetzt erst auf, wo wir
uns erheben.

Der Stock hat einen Silberknauf. Natürlich. Ein
Lord.

Er führt mich in ein Café im Center.

Wir bestellen.

Und ich erzähle. Zeige ihm den Magneten.
Erkläre es ihm.

Er ist schwer begeistert.

Kein erhobener Zeigefinger. Nicht die Spur
davon.

Ich erzähl ihm, warum ich unterwegs bin.

Er lädt mich ein. Er hätte ein Badezimmer, das
würde mich begeistern. Er hätte sogar
mehrere davon. Na ja - drei. Und eines wäre
meins. Wenn ich wollte.

Ich will.

Er wohnt gleich gegenüber. Auf der anderen
Seite des Flusses. Mit Blick auf die Altstadt.

Und aufs Schloss.

Er ist Professor für Ägyptologie. Ein Emeritus.

Wie bitte?

Ein Professor in Pension.

Ach so.

Ob ich ihn nun Lord nennen soll oder Prof?

Er lacht schon wieder so.

Der Prof wäre ihm lieber.

Er hat ein schönes Lachen.

(die Villa)

Das Haus ist riesig groß.

Die Villa. Der Palast.

Ich kann mich immer noch nicht entscheiden.

Es gibt zwei Bibliotheken. Und der Prof hat ein
Arbeitszimmer, das ist auch voller Bücher. Es
stehen und liegen eigentlich überall Bücher
herum. Auch in meiner Wohnung.

Denn ich habe meine eigene kleine Wohnung.

Mein eigenes Badezimmer. Meine eigene
Badewanne.

Inklusive Quietscheentchen. Perfekt!

Die Wohnung war für die Tochter eingerichtet
worden. Als die anfing zu studieren.
Seine Frau ist früh gestorben. Krebs.
Der arme Prof. Er muss sie sehr geliebt haben.
Das höre ich heraus.
Er liebt sie noch.
Mit seiner Tochter versteht er sich nicht so.
Auch das höre ich heraus.
Die ist längst ausgezogen. Obwohl sie immer
noch in der Stadt wohnt.
Manchmal kommt sie ihn besuchen.
Ich hab den Prof dann auch nach dem
Giannozzo befragt.
Klar hat er den. Er hat ihn auch gleich
gefunden.
Der Luftschiffer ist Teil eines Romans. Das
wusste ich noch gar nicht (ich weiß so vieles
nicht). Der Roman heißt 'Der Titan'. Das ist ja
mal ein geiler Titel.
Und - na logo - auch der Prof war skeptisch,
ob ich das würde lesen mögen.
Aber probieren sollte ich es mal, das hat auch
er gesagt.
Und probieren werde ich. Jetzt. Und endgültig.
Da können sie mich alle noch so gern haben.
Hihi! Hab ich das nicht schön formuliert?
Für heute Abend hat er mich zum Essen
eingeladen.
Und danach wird gelesen.

In der einen Bibliothek gibt es einen Kamin.
Da rücken wir uns dann Sessel ans Feuer.
Herrlich! Herrlich wird das werden.
Und wenn ich vor dem Feuer nicht mit dem
Luftschiffer fertig werde, nehme ich das Buch
mit ins Bett. Aber so arg lang ist es ja nicht.
Ich habe auch schon etwas Altägyptisch
gelernt.
Ntr Nfr. Guter Gott. Das war eine Anrede für
den Pharao. Guter Gott, Herr der beiden
Länder. Undsoweiter, undsoweiter ... ewig
lange Titel, einer blumiger als der andere.
Herrlich! Herrlich! Ich werde sie alle lernen.
Njeter Njefer. So wird es gesprochen. Weil: die
Vokale wurden im Altägyptischen nicht
geschrieben. Wie im Hebräischen und
Arabischen.
Guter Gott ...
Cool! Cool ist das. Wenn ich mir das mal so
überlege ...
Larissa die 23ste, die gute Göttin, Herrin aller
Ägyptenlande.
Ja. Das bin ich.
Und dann denke ich mir noch etwas ganz
besonderes aus.
Einen eigenen Titel.
Smaragdgoldumwobene
ohnegleichenwundergöttlichschöne

Türkisherrin, die Quietscheentchenumsäumt in
ihrer Badewanne Audienz gewährt.
So etwa. So in der Art.
Das halte ich für angemessen.

(Glück und Glücksgefühle)

Glück, das ist
wenn ich Kaugummipapier zerknülle
und feststelle, dass es ein 50€-Schein ist.
Das ist
die banale Variante.
Können wir gleich wieder vergessen.
Wenn ich glücklich bin
könnte ich einen 50€-Schein verbrennen.
Das wäre natürlich nicht vernünftig.
Aaaaber -
Glück macht unvernünftig.
Es könnte auch Unvernunft zum Glück führen.
Das muss ich aber erst noch ausprobieren.
Jedenfalls
Glück muss man spüren können.
Alsoooo -
wenn ich eine Million im Lotto gewinnen
würde
würde ich mich glücklich fühlen
(irgendwie schon)

aber nicht so, dass ich zum Mond sprinten
könnte.
Da zerrt sich mein Herz nicht zusammen
wie eine ausgepresste Zitrone
um kurz darauf zur Zieharmonika zu werden
die Himmelsmelodien spielt
(und wenn ich erst noch singe dazu!)
JA
das passiert dann
wenn ich die Million mit meinem Liebsten
teilen kann.
Das sind Glücksgefühle.
Und die zählen.
Die allein.
Ich scheiß doch auf die Million.
Aber wenn ich ihn auf dem Montmartre dafür
küssen könnte
(ich muss mal überlegen, wo ich ihn küssen
möchte)
Alsoooo -
Ich würde ihn am liebsten auf dem Altonaer
Balkon küssen
(da bräuchten wir gar nicht so weit weg, und
könnten die Million zuhause verprassen)
weil dort zu küssen, das stelle ich mir schön
vor
(warum haben wir das noch nicht
ausprobiert?)

(Memo: ausprobieren, sobald ich wieder
zurück bin)
und dann würd ich ihm von meinem Container
erzählen
mit den Decken und Kissen und Büchern
mit dem ich in die Welt hinaus bin
und das wäre so schön
etwas Schöneres gibt es gar nicht
als sich das vorzustellen
wie schön Panama ist
und astralgelbe Monarchen
(wer oder was auch immer das sein möchte)
(interessiert mich nicht)
Wir würden uns küssen!
Das allein zählt.
Und wir wären glücklich.
Das ist Glück.
Und Glücksgefühl.
Und dann würden wir essen gehen.
Irgendwo in Altona.
Ganz egal wo.
Es wäre schön.
Soooooooo schön!
Und alles danach sowieso.
So.

(der Morgen danach)

Okee. Der Luftschiffer. Gelesen. Und - naja.
Sie hatten alle recht mit ihrem Gegucke.
Aber ich musste es für mich selbst
herausfinden.
Darauf kommt es an.
Dass jeder seine eigene Freiheit zu suchen hat
und suchen soll.
Seine ganz eigene.
Und darum werde ich Larissa Giannozzo
bleiben.
Das hat er verdient.
So. Gesprochen und verkündet.
Denn es gibt immer noch ein etwas mehr und
immer weiter.

Frau Buch hat uns Frühstück gemacht.
Frau Buch ist sowas wie die Haushälterin.
Ich hab sie gestern schon kennengelernt.
Sie ist total nett. Eine Russlanddeutsche. Sie
spricht auch so. Ein total süßer Akzent.
Die Frau Buch ist auch total süß. So um die
fünfzig und immer noch hübsch.
Darum ist sie der Tochter vom Prof ein Dorn
im Auge.
Denn die denkt, dass die Frau Buch es auf den
Prof abgesehen hat.
Eine Erbschleicherin sozusagen.

Natürlich wird Frau Buch etwas erben, grinst der Prof.

Darum geht es meiner Tochter aber gar nicht.

So eine ist sie nicht.

Sie ist nicht habgierig. Sie ist ehrlich besorgt.

Auf ihre Weise.

Und die behagt dem Prof nicht. Darum die ewigen Streitereien.

Sie hält mich für einen Bummelanten, einen Luftikus, einen notorischen Bohemien.

Grooooßes Grinsen.

Ich grinse mit.

Wir frühstücken.

Ich verfrühstücke drei Croissant.

Und ein Ei.

Und zwei Brötchen.

Mit Marmelade.

Und Erdnussbutter.

Und jetzt bin ich satt.

Pappsatt.

Und wenn der Prof seine Zigarre geraucht hat, werden wir bummeln gehen.

(Augenmusik)

Wir sind vom Bummeln zurück.
Ein Einkaufsbummel war das.
Der Prof hat darauf bestanden.
Einkaufen. Diesmal offiziell.
Mehr Klamotten für mich.
Ich bleibe beim Schwarz.
Und ich bleibe beim Prof. Jedenfalls für ein
paar Tage.
Er sieht das ganz gelassen.
Ich soll mich mal ausruhen, hat er gesagt.
Auch mit der Schule, das sieht er gelassen.
Dann wiederholst du eben die Stufe. Darauf
kommt es im Leben nicht an. Das, was du jetzt
machst, darauf kommt es an.
Er mahnt mich nicht. Er drängt mich nicht zu
Hause anzurufen.
Was ich eigentlich tun sollte.
Und wenn ich mich die nächsten Tage
eingesponnen habe in Ruhe und
Behaglichkeit, werde ich bestimmt gründlich
mit mir schelten.
Und gut so.
Schelten. Aber auch nachdenken.
Das eine hat immer auch mit dem anderen zu
tun.
Das eine führt zum anderen.
Gut. Gut so.

Heute Nachmittag ist Hieroglyphenkunde.
Da bin ich ja mal gespannt.
Hieroglyphen sind wie Augenmusik.
Ich hab mir nämlich auch ein
Hieroglyphenlernbuch mit ans Bett
genommen.
Da steckt viel Schönheit darin. Ein Gefühl für
Ausgewogenheit und Harmonie.
Harmonische Gestaltung.
Augenmusik. Ich sags ja.
Ich bin ganz stolz auf das Wort.

(die Tochter)

Die Tochter vom Prof hab ich nun auch
kennenlernen dürfen.
Die Tochter vom Prof ist wie Staub.
Staubtrocken.
Was völlig logisch ist, denn sie ist
Bibliothekarin.
Oder? Neee. Ich finde ja, dass man deswegen
nicht unbedingt staubtrocken sein müsste, der
John ist es ja auch nicht, und der hat fast sein
ganzes Leben zwischen Büchern verbracht.
Sie aber ist es, eindeutig.
Ich mach ihr aber keinen Vorwurf daraus.
Ich fand sie nämlich nett.

Sie mich nicht.

Sie hält mich für die neue Geliebte des Prof.

Sie hat so Andeutungen gemacht.

Dass ihm die alte Frau Buch wohl nicht mehr reichen würde.

Nein, etwas Jüngeres musste es sein.

Und dass er mich dann gleich noch bei sich einquartiert hat, und ausgerechnet in ihrer alten Wohnung, das setzte dem ganzen die Krone auf.

So sah sie das.

Sie hält den Prof jetzt für völlig ausgerastet.

Und der Prof hat mir nur zugezwinkert und keine Anstalten gemacht.

Und wenn der Prof nicht, dann ich auch nicht.

Soll sie doch denken, was sie will.

Dass ich jetzt die offizielle Zweltgeliebte des Prof bin.

Es ist einfach zu cool.

Aber eigentlich wundert es mich schon sehr.

Wie kann man nur so abgedriftet sein?

Solche Unterstellungen lassen ja tief blicken.

Mal streng psychologisch betrachtet.

Ach! Ich liebe es.

Und ich muss schon sagen: Wow! Was für Fantasien! Denen sie sich hingibt, während sie zwischen endlosen Regalreihen uralter staubtrockener Bücher umherwuselt.

Stell ich mir mal so vor.

Und die Bücher flüstern.
Verruchte Dinge flüstern sie ihr vor.
Ich kann es richtig vor mir sehen.
Und hören.
Und wie es ihr schaudert dabei!
Ach, die Arme!
Und als sie weg war, hat der Prof den Kopf
geschüttelt und gemeint, dass er jetzt
unbedingt eine Zigarre rauchen müsste.
Da sind wir dann raus in den Garten, haben
uns unter den Fliederbusch gesetzt.
Der Prof hat gepafft und ich habe
philosophiert.
Von den flüsternden Büchern.
Ich hab mich ganz schön ausgeschweift dabei,
fürchte ich.
Den Prof hat es aber nicht gestört.
Wir waren uns einig.
Ja, das können sie, sagte er.
Und dann hat er mir Geschichten von
schwarzen Schlangen in den langen,
gewundenen Gängen der ägyptischen Gräber
erzählt. Schwarze Schlangen. Im dunklen
Bauch der Erde.
Richtig unheimlich war das.
Und ich schaute mich schon um, ob nicht eine
aus dem Gebüsch gekrochen käme und mich
anzischelte.

Es kam aber die Frau Buch mit dem
Kaffeetablett.
Und wir haben zu dritt Kaffee getrunken und
Kuchen gegessen.
Der Prof und seine zwei Geliebten.
Hihi!

(Akbara)

Der Besuch der Tochter hat mich zu der
Einsicht kommen lassen, dass der Prof einen
Hund braucht.
(zu der Einsicht kommen lassen ... Herrlich!
Wie gewählt ich mich doch ausdrücken kann.
Ich glaub, der Prof beginnt schon heftig auf
mich einzufärben.)
Alsooo - der Prof braucht einen Hund.
Eine Hündin natürlich.
Ich hab ihm das auch gleich erklärt.
Die Zusammenhänge auseinandergesetzt,
sozusagen.
Also, ein weiblicher Hund musste es sein.
Weil männliche Hunde einfach nur frustriert
sind. Die reinsten Psychokrücken.
Weil ihnen der Sex fehlt.
Alsooo - im Normalfall.

Denn wann kommt denn so ein durchschnittlicher Stadthund schon einmal zum Schuss? Gar nicht, hab ich mir gleich die Antwort gegeben. Weil alle viel zu sehr aufpassen. Und darum der Frust.

Bei den Hunden ist das nicht anders als bei den Menschen. Frauen sind da viel ausgeglichener.

Das hat der Prof sofort verstanden.

Kluger, einsichtiger Mann. Na bitte!

Also eine Hündin.

Da kann meine Tochter gleich neue, ausschweifende Fantasien entwickeln.

Na, na - hab ich ihm gedroht.

Und wir haben gelacht.

Aber mal im Ernst, meinte der Prof, das ist wirklich eine gute Idee. Eine Begleiterin auf meinen Spaziergängen, ein Stimulans, denn ich ertappe mich zunehmend bei Bequemlichkeiten, Ausreden es nicht zu tun, schiebe das schlechte Wetter vor, oder ganz ungeniert Unlustgefühle.

Das geht gar nicht.

Überhaupt nicht.

Also bitte, hab ich gesagt, dann mal los.

Und wir sind los.

Der Prof fuhr einen Volvo, der mindestens so alt war wie Melli.

Mit dem hätte man zum Mond fliegen können.

Im Ernst.
Aber wir wollten ja nur zum Tierheim.

Groß soll sie sein.
Groß.
Noch größer.
Und wild.
Und gefährlich.
Schreckenerregend.
Furchteinflößend.
Aber natürlich nur äußerlich.
Ansonsten die Seele von einem Hund.
Ein Wolf.
Ein Wolf?
Aber ja. Und Akbara soll sie heißen.
Akbara? Verstehe.
Der Prof lachte sein fröhlichstes Lachen.
Er kannte also das Buch. Natürlich kannte er.
Tschingis Aitmatow. Der Richtplatz. Da hatte
ich das her.
Eine tapfere Wölfin. Der zu Ehren.
Gnädiges Fräulein haben ja sehr genaue
Vorstellungen.
Habe ich.
Wir lachten.
Dann wollen wir mal das Beste hoffen.

Wenn man das Beste hofft, findet man es
auch.

Das ist eine alte Lissa-Weisheit.

Ich finde sie sehr praktisch.

Heute hat sie uns Akbara finden helfen.

Ha!, rief ich, da ist sie ja.

Nicht sehr geistreich, ich gebs ja zu, keine Offenbarungsgeschichte.

Wir flogen uns entgegen.

Darauf kommt es doch an.

Uns wurde die Tür geöffnet, und der Prof und Akbara kannten sich, das hab ich sofort gesehen.

Der Prof ging in den Zwinger hinein und sie trat auf ihn zu und blieb vor ihm stehen.

Ein magischer Moment. Echt.

Die beiden kannten sich.

Und dann bin auch ich dazu. Ich hab mich vor sie hingekniet und hab ihren Kopf in die Arme genommen.

Akbara!

Was für Augen!

Magisch. Mystisch. Ein Wolf.

Ich möchte mit ihr aus einer Schale trinken.

Ich kann mich grad noch so beherrschen.

Akbara ist halb Tamaskan, halb tschechischer Wolfshund, wird uns erklärt. Sie ist drei Jahre alt und wurde ausgesetzt als sie noch ganz klein war. Sie hatten schon befürchtet, dass sich niemand finden würde. Die Leute scheuen sich.

Wir scheuen uns nicht.
Akbara weicht dem Prof nicht von der Seite.
Ich glaube, ich bin eifersüchtig.
Das kann ja heiter werden.

(der Rhein)

Der Rhein.
Das ist auch so einer.
Ein Fluss.
Das, was ich einen Fluss nenne.
Wenn er auch ganz anders ist. Und hier
sowieso.
Keine Weite im Blick. Dafür das Eintauchen in
eine Märchenwelt.
Altrheinarme. Verschlingungen. Morsche
Kähne, die vergessen am Ufer liegen.
Feuchte. Mücken. Unterholz, um drin zu
versinken.
Das ist ein Gefühl, das kenne ich von der Elbe
nicht.
Und man geht. Und geht. Und verschlingt sich.
Um dann doch irgendwie irgendwo am Fluß
zu stehen.
Und ich stehe davor. Und es ist ein Fluss.
Und ich gehe ans Ufer hin. Setze mich auf die
Steine.

Und höre zu.
Zuhören. Das ist wichtig. Du musst dir Zeit
nehmen für einen Fluss.
Ich habe mich hingesetzt, und der Prof hat das
sofort verstanden.
Wir gehen dann mal, hat er gesagt, und holen
dich wieder ab.
Ja.
Und ich blieb.

(Nachdenkungen)

Da sitzt sie nun, die kleine Lissa, die
Analytikerin, sitzt am großen Fluss.
Der fließt.
Nach Rotterdam fließt er, sie weiß es ja.
Schnell fließt er, aber wenn sie lange genug
schaut, spielt das keine Rolle mehr. Es ist ja
doch ein Fluss, ein großer Fluss, und der soll
auch fließen.
Aber nicht zu sehr. Nicht zu schnell. Nicht so
sehr, dass es sie stören könnte.
Auch keine Überdrehungen wie im
Wildwasser, nein, gleichmäßig soll es sein. Im
Fluss. Der Name sagt es ja.

Das Fließen. Das Wasser, das fließt, und in zehn Minuten ganz woanders sein wird, weit stromabwärts.

Und sie sitzt immer noch da.

Nichts hat sich verändert. Scheinbar.

Ja. Die Schwäne sind neugierig geworden, sind näher geschwommen, haben sie in Augenschein genommen.

Er, das Männchen, hat gefaucht, unzufrieden, dass es nichts zu essen gab.

Dann sind sie wieder davon. Nicht zu weit weg.

Sie genießen ihre Schönheit. Sie gleiten schwerelos über den Fluss. Und ob stromaufwärts oder stromabwärts, ihnen scheint es keine Mühe zu bereiten.

Die kleine Lissa bewundert ihre Anmut.

Denn das ist das richtige Wort dafür.

Und so hat sie bereits zwei richtige Worte gefunden. Das Fließen des Wassers und die Anmut der Schwäne.

Das wäre eigentlich schon genug.

Sie überlegt sich, ob sie sich nicht damit zufriedengeben sollte.

Die Möwen interessieren sie nicht so sehr, nicht hier.

Sie dachte auch nur kurz an Lohengrin.

Das war bestimmt der, der sie angefaucht hatte.

Nein, auch die Geschichten, die sich um den Fluss rankten, interessierten sie nicht.

Es war das Fließen.

Sie konnte sich hineinversetzen und sinken lassen.

Nicht bis auf den Grund.

Nur ein kleines Stückchen unter die Oberfläche, gerade so, dass sie das Sonnenglitzern in den Wellen verfolgen konnte.

Von unten her betrachtet.

Sie wäre jetzt gerne geschwommen.

Sie ist eine gute Schwimmerin.

Was wohl Lohengrin dazu sagen würde?

Nein. Sie wird am Ufer bleiben. Die Augen schließen. Und dann wieder öffnen. Da zu sein.

Das Gefühl zu haben da zu sein, hier am Fluss, das war schon etwas ganz besonderes.

Doch warum?

Was machen Flüsse mit uns?

Dass wir nachdenklich werden, etwas melancholisch, doch keinesfalls traurig.

Obwohl es sich bestimmt auch sehr gut trauern ließe am Fluss. Ganz bestimmt sogar.

Doch die Trauer würde verfließen, genauso wie die Melancholie und die Nachdenklichkeit.

Es bliebe nur das Fließen übrig.

Solange du am Fluss sitzt.

Solange sie hier am Fluss sitzt.

Lissa. Ganz hingegeben.
Anmutig in das Fließen des Wassers
versunken.

(ich, die Welt, und das Sein)

Die Wirklichkeit ist wie eine Bleistiftspitze auf
Papier.
Ein Kratzen nur. Ein Strich.
Oder wie wenn ich, wie heute morgen, vor
einem Fenster sitze, und ein Vogel fliegt
vorbei. Und das wars.
In diesem einen Moment verging mein Leben.
Gemessen an der Ewigkeit. Oder - was weiß
ich - der Lange der Zeit, die war, und noch
sein wird.
Ich finde das ganz in Ordnung so.
Weil das mein Moment ist.
Das ist mein Part am Ganzen.
Mir reicht das.
Mir reicht auch die Zeit zum Nachdenken,
zum Rätseln und zum Antworten finden.
Es muss keine Endgültigkeit geben.
Fantastisch ist doch, dass ich es überhaupt
kann. Dass ich denken kann. Dass ich über
alles nachdenken kann.
Warum ist die Welt? Und warum bin ich?

Wo kommt das alles her, wo geht es hin?
Und nun sitz ich hier am Fluss, und frage den.
Aber der fließt und ist ganz zufrieden. Denken
tut er wohl nicht.
Aber ich. Und am Fluss denkt es sich gut.

So war das. Am Fluss. Und es war gut.
Dann kam ein anderer Tag.

(Bruce)

Ich ging da so längs.
Mit dem Prof und der Akbara durch die
Altstadt.
Da war da so eine Musikkneipe, die hatten
eine Kreidetafel draußen stehen.
Darauf stand es geschrieben. Bruce wird hier
spielen. In drei Tagen schon.
Und mir ist es kalt den Rücken runtergelaufen.
Schreckensstarre.
Vielleicht ist er schon da, dachte ich, sitzt da
drinnen, trinkt eine Weinschorle und isst
Rostbratwürstchen mit Sauerkraut.
Wobei er jedesmal, wenn er einen Bissen
genommen hat, lauernde Blicke nach mir wirft.

Oh weia! Nichts wie weg! Nicht, dass er mich
am Ende gar schon entdeckt hat.
Denn das konnte doch wohl kein Zufall sein.
Der war ausgeschickt, mich zu suchen.
Selbst wenn er einfach so auf Tour gegangen
ist, werden sie ihn schon richtig bearbeitet
haben. Melli konnte da sehr bestimmend sein.
Wenn du sowieso da unten rumkurvst, wird sie
ihm gesagt haben, dann halt doch mal die
Augen offen ...
Na klar, so wird es sein.
Und klar ist auch, dass ich weg muss, am
Besten heute schon, spätestens morgen.

Als die Schreckensstarre vorbei war, hab ich
den Prof weitergezogen.
Der hatte natürlich was gemerkt. Sich aber
ziehen lassen.
Erst als wir im Garten unterm Fliederbusch
saßen, hab ich ihm erzählt was Sache war.
Der Prof hat mich verstanden. Und beruhigt.
So dringlich wird es schon nicht sein, nicht so
sehr.
Und es stimmt ja auch, wenn ich jetzt mal in
Ruhe (na, so halbwegs) darüber nachdenke.
Aber los muss ich. Weiter. Ich habe mein Ziel,
und das werde ich erreichen.
So! Und nochmal: So!!!! Mit ganz vielen
Ausrufungszeichen.

Morgen wird mich der Prof an die Autobahn
fahren.
Ach! Ich wär gerne noch geblieben.
Aber ich soll wiederkommen. Und das werde
ich.
Allein schon um mein Ägyptischlernbuch
abzuholen. Das ist nämlich zu dick und zu
schwer um es mitzunehmen.
Aber Altägyptisch werde ich nicht studieren.
Wo ich doch Philosophin werden möchte.
Wobei ...

(Nachdenkungen)

... eine Philosophin bin ich doch längst.
Philosophin sein kann man nicht lernen.
Sonst hieße es ja auch nicht 'Philosophin sein'.
Hihi!
Philosophin ist man.
Man muss es sich aber verdienen und darf
nicht aufhören Fragen zu stellen.
Zum Beispiel frage ich mich gerade, warum ich
ein Mensch geworden bin und kein
Eichhörnchen.
Ganz einfach, weil meine Eltern Menschen sind
und keine Eichhörnchen.

Zumindest nehme ich mal an, dass auch mein Vater ein Mensch gewesen ist.

Es könnte aber auch sein, dass er einer der unsterblichen Götter war, und dass Melli sich deswegen über ihn ausschweigt.

Sehr wahrscheinlich ist es so, und noch wahrscheinlicher werde ich sogar eine Zeustochter sein. Sonst wäre ich nicht so klug und so schön.

Und schon habe ich eine Frage beantwortet. Weil ich aber eine aufmerksame und verantwortungsbewusste Philosophin bin, weiß ich auch, dass die Beantwortung dieser Frage eine ganze Reihe weiterer Fragen aufwirft.

Mich damit zu beschäftigen habe ich jetzt aber keine Zeit. Frau Buch kommt mit dem Kaffee und dem Kuchen.

(die Alpen aus dem Weg räumen)

Also könnte ich gut und gerne auch Altägyptisch studieren. Das ist so gut wie alles andere auch.

Das gilt selbstverständlich nur, wenn man Philosophin und Zeustochter ist.

Bei Normalsterblichen ist das natürlich ganz etwas anderes. Die brauchen einen anständigen Beruf.
Klar, die Luftschifferkunde sollte ich auch nicht aus den Augen verlieren.
Aber ob ich nach Heidelberg kommen sollte zum Studieren, wie es der Prof gerne möchte, das weiß ich nun nicht.
Verlockend wäre das schon.
Die Sache hat nur einen Haken. Hier gibt es kein Meer.
Und ohne ein Meer in erreichbarer Nähe ...
Und ob es das Mittelmeer schafft bis dahin über die Alpen zu schwappen, ist schwer die Frage.
(Warum eigentlich nicht?)
Aber es ist ja noch Zeit.
Erstmal wird es weitergehen, morgen, nach Süden, die Alpen aus dem Weg räumen ...

(Nachdenkungen)

Ich fürchte, dass ich zu ernst geworden bin.
Ob ich auch älter geworden bin?
Ob man ernst wird mit dem Älterwerden?
Das möchte ich nicht.

Das heißt - ernst nehmen möchte ich mich
schon.
Und ernst genommen werden.
Andere Menschen ernst nehmen. Und das
Leben.
Es ist also nur das falsche Wort, auf das ich
gestoßen bin.
Ich sollte ein geeigneteres suchen.
Ich suche ...
Und habe gefunden.
Das passende Wort ist 'verbohrt'.
Verbohrt darf man nicht sein.
Verbohrt sein darf man nicht werden.
Sich verbohren in Schablonen.
Und steckenbleiben.
Das ist gefährlich.
Wenn man sich einmal verfangen hat.
Einmal gewählte Wege beschreitet.
Und keine anderen mehr gelten lässt.
In einmal gefassten Meinungen gefangen ist.
Man ist gefangen.
Man hat sich fangen lassen.
Man ist sein eigener Gefangener.
Und der Wärter weiß nicht ob er Wärter ist,
oder Gefangener, und der Gefangene hält sich
für frei.
Verhängnisvoll, wenn es einmal dazu
gekommen ist.

Wie erkennt man das, wenn man Gefangener
geworden ist?
Wie kann man dem entgehen?
Indem man die Augen offen hält.
Ich halte den Daumen raus.
Und erinnere mich.
An Blankenese, an die Elbbrücken, an Knut ...
- sie alle -
und ich
ich erinnere mich an mich
die ich war
die ich bin
die ich sein werde
eine alte Frau
irgendwann einmal
die den Daumen raushält
jemand wird anhalten
und fragen: wohin?
und die alte Frau wird sagen:
IRGENDWOHIN

(nach Freiburg)

Das mit dem 'Irgendwohin' muss ich irgendwie
verinnerlicht haben.
Ich bin direkt nach Süden, anstatt nach
Stuttgart abzubiegen.

Diesmal war keine falsche Seite schuld,
diesmal war ich das ganz alleine.

Ich hab weder auf GoogleMaps geguckt noch
nachgedacht. Oder wenn, dann klang Basel
gut für mich.

Wohin?, fragte ich. Basel, nuschelte er.

Der, der angehalten hatte für mich.

Außerdem - wann wird man schonmal von
einem Frettchen mitgenommen.

Echt wahr.

Das Frettchen saß nicht hinterm Steuer. Das
Frettchen war nicht der, der genuschelt hat.

Das Frettchen saß hinten und ich hab mich
dazugesetzt.

Blieb mir nichts anderes übrig, weil der
Beifahrersitz total zugemüllt war.

Der Typ am Steuer sah eher wie ein Milchbubi
aus, total jung und ein flaumiges Bärtchen an
der Oberlippe.

Er behielt seine Kopfhörer übergestülpt und
war die ganze Zeit am Quatschen mit
irgendwem oder irgendwelchen, keine
Ahnung, es hat mich nicht gekümmert, ich
hatte ja das Frettchen, und das Frettchen war
glücklich mit mir. Was mich bei dem Herrchen,
falls es das Herrchen war, nicht wunderte. Der
komplette Junkie.

Eine Kaffeepause haben wir eingelegt. Da hab
ichs dann geschnallt, als ich einen Blick auf die

Karte warf, die da ausgehängt war, es war mir aber grad egal.

Kaffee habe ich getrunken und ein Stück Kuchen gegessen.

An der Kasse hat er mir einen Blick zugeworfen wie ... wie ... einen Milchbubiblick, als ob ich - iiich !? - ich hab mir aber das Tablett geschnappt und bin losgezogen. Sollte er doch sehen ...

Ja, wo sind wir denn?

Ich hab ihm dann gesagt, dass er mich in Freiburg rauslassen soll. Da war er aber froh.

Das Frettchen nicht.

Ich hätte es wahrscheinlich mitnehmen sollen, Bubi hätte nichts geschnallt, wär für das Frettchen bestimmt besser gewesen, wir hätten Freunde werden können, aber manchmal ist die Welt einfach schief eingerichtet.

(der Campingplatz)

Die Ausfahrt ist natürlich auch die falsche gewesen. Freiburg-Nord. Ich dachte, das ist so gut wie alles andere auch und sagte: lass mich mal raus ...

Hier gibt es aber nichts. Nur einen
Campingplatz und einen Baggersee.
Ich will nicht weiter fort. Heute nicht mehr. Ich
möchte an den See.
Ich frage einfach mal nach ob ich bleiben
kann.
Wir Menschen sind zum Reden da.
Nicht immer. Nein. Jetzt aber.
Ich frage.
Und so eine liebe Frau im Empfangshäuschen.
Sie sieht genau, was mit mir ist, dass ich von
der Autobahn komme, kein Geld habe. Und so
lieb ist sie. Ich darf bleiben. Umsonst.
Es gibt da solche Unterkünfte, sie führt mich
hin, die sehen wie Indianerzelte aus. Sind aber
aus Holz und mit Ziegeln gedeckt. Total
gemütlich. Eine Tür und ein kleines Fenster.
Und dann liegen sie auch noch direkt am See.
So cool. Nur für das Duschen muss ich zahlen.
Aber ja, aber gerne. So lieb. Und ich hab mich
bedankt. Und wir haben da noch gestanden
und erzählt.
Ich bin so froh!

(der See)

So. Nun liege ich am Strand. Echt. Richtiger
Sandstrand.
Und so ein Baggersee hat doch auch was.
Silbersee heißt er. Ja. Na ja. Von mir aus.
Es ist natürlich nicht das Meer.
(Memo: sobald ich zurück bin, Patrick
schnappen und ans Meer fahren)
Ich denke über Abwege nach. Und Umwege.
Und dass sie total zielgenau sind.
Weil du dein Leben ja doch nicht planen
kannst.
Wenn ich es leise vor mich hinspreche, rieselt
es mir den Rücken runter. Kleine
Silberperlchen stelle ich mir dabei vor.
Badeperlen, kühl und prickelnd.
Und ein Gaukelwind dazu. Ein Schaukelwind.
Was so ein See doch plätschersüß sein kann!
Etwas saures dazu, vielleicht.
Fliederbeersuppe.
Griesfladen mit Fliederbeersuppe.
Hmmm! Das schmeckt!

(der Stein)

Als ich aus dem Wasser stieg hob ich ihn auf.
Ich dachte, dass etwas darauf festgeklebt sei.
Ein Blatt, etwas Plastikfolie.
Ich habe ihn abgespült, den Stein, und
mitgenommen auf meine Decke.
Da liegen wir nun. Der Stein. Und ich. Und
meine Kladde.
Und es ist so:
Der Stein ist ein Drache.
Es wohnt ein Drache im Stein.
Sein Abbild auf dem Stein.
Er zeigt sich mir.
Damit ich es glauben kann.
Menschen sind so ungläubig. Und so
fantasielos.
Fantasieunbedarft. Fantasieunbeholfen.
Der Stein hat mir auf die Sprünge helfen
wollen.
Der Drache.
Das ist nett von ihm.
Ob es tatsächlich ein netter Drache ist, wird
sich noch herausstellen.
Nett sieht er ja aus.
Der Stein.
Es ist so etwas wie Tuffgestein. Porös.
In den Poren glitzert es.

Wenn ich sehr genau hinschaue, sehe ich kleine Kristalle in der Sonne blinzeln.

Viele kleine Diamanten.

Überall sitzen sie.

Das sieht schön aus. Richtig schön.

Davon abgesehen ist der Stein von einem blassen Beigeton.

Der Drache aber ist rot.

Erst hatte ich ja gedacht, dass es etwas Fremdes, völlig Unsteinisches wäre, das darauf festgeklebt war, ich sagte es ja schon.

Als ich ihn dann sauber gemacht hatte, dachte ich, es sei eine andere Gesteinsart, roter Jaspis, könnte ja sein.

Aber nein. Ach der Drache ist Tuffstein. Roter Tuffstein. Ein Tuffdrache, der im Tuff zu Hause ist.

Ich zeichne ihn jetzt. Den Stein. Den Drachen. Und wenn ich ihn gezeichnet habe, werde ich wissen, ob es ein guter oder böser Drache ist.

Vielleicht fällt mir dann ja noch mehr dazu ein. Vielleicht spricht er auch zu mir.

(auf Gedankenflügen)

Kann etwas aus dem Nichts entstehen
frage ich mich

und denke an die Liebe
und frage mich
warum ich ausgerechnet auf die Liebe
gekommen bin
warum es die Liebe ist
die
ohne dass ich es wollte
in meinem Kopf aufgestiegen ist
sich in den Vordergrund drängte
als riefe sie
'Hier! Ich! Ich!'
und ich weiß noch nicht einmal
welche Art von Liebe es sein sollte
es gibt doch so viele
und was
überlege ich mir
sollte die Liebe wohl mit dem Nichts zu
schaffen haben
und denke an den
den ich liebe
der doch nicht aus dem Nichts gekommen ist
und auch nicht meine Gefühle für ihn
aber dass es solche Gefühle überhaupt geben
kann
und wie sie sich entwickeln
das ist doch ein Wunder
und wie der Mensch so ist
denkt er an das Nichts
na

meinetwegen auch an den Himmel
denkt der Mensch sich
dass die Liebe
vom Himmel gefallen wäre
wie aus dem Nichts war sie da
das ist eine formidable Erklärung
und ganz so verkehrt ist es ja nicht
warum ist es denn ausgerechnet dieser eine
Mensch
und kein anderer
es hätte doch jeden treffen können
irgendwie
musste es doch Gründe geben
und eine Entwicklung die dorthin führte
wo ich jetzt bin
dass ich ihn liebe
diesen einen Menschen unbedingt
und der Zufall spielte auch eine Rolle
er war da
da
da
als die Liebe vom Himmel fiel
und uns traf
so
und nun habe ich mich festgefahren
festgelegt
vielmehr
auf diese Liebe
diese eine bestimmte Liebe

die Liebe zum Liebsten
ich hätte doch auch meine Mutter
oder die ganze Menschheit gleich
in den Arm nehmen können
aber nein
der Liebste war es
und das ist etwas worüber ich weiter
nachzudenken habe
und ich breite meine Flügel aus
und fliege
ich
Lissa
auf Gedankenflügen

(der Drache)

Ich betrachte den Stein. Den Drachen.
Hast du mir die Gedanken eingegeben?
Über die Liebe.
Bist du ein Drache, der die Liebe bewacht?
Aber nein. Die Liebe muss man nicht
bewachen. Die Liebe muss man hüten,
behüten.
Und ich liege hier auf meiner Decke und halte
den Drachenstein, und hüte die Liebe.
Ich sehne mich.
Ich mach die Augen zu.

Und träume.
Ich träume einen traumlosen Traum.
Weil die Liebe ist. Die hält mich fest. Die weiß
ich.
Das weiß ich nun.
Und ich weiß, dass es ein guter Drache ist.
Er wird nun bei mir sein.
Ich habe viel erfahren.
Ich weiß, dass es Drachen gibt.
Und die Liebe.

(der Imbiss)

Da sind Elfen, die auf Igelrücken tanzen
sie schweben von einem Stachel zum andern
die Elfen tun sich nichts dabei
ihre Füße sind so zierlich
die Igel lachen
die freuen sich an den Elfen und ihrem Tanz
ich freue mich an den Igeln und den Elfen

das ist
was es zu erleben gibt
wenn es Nacht wird auf Campingplätzen
in Imbissbuden
wo ich wie festgeklebt
auf einem Stuhl sitze

der von tausend Ärschen zersessen ist
schmierig festgebacken
Colaflecken
Majoflecken
was weiß ich
ich will es nicht wissen
Streuselkuchen esse ich
uralt
älter noch
lauwarmen Milchkaffee gibt es dazu
den Streuselkuchen zu stippen

die Elfen tanzen
die Igel lachen

das sind keine Hirngespinste
traurige Wahrheiten sind das
wie die Frau hinterm Tresen
die ihre Brille putzt
taucht das Schwammtuch aus der braunen
Brühe
tunkt es zurück in braune Brühe

die Elfen haben mir
ein vierblättriges Kleeblatt auf den Teller
gelegt
das mich weinen macht

(die Geschichtenerfinderin)

Und? Was hab ich gesagt?
So lieb.
Die Frau vom Campingplatz hat mir eine
Mitfahrt organisiert.
Ein älteres Ehepaar mit ihrem Camper. Die
fahren nach Konstanz. Genau meine Richtung.
Und so super. Auch das Ehepaar ist total nett.
Und aufgeschlossen.
Ich sitze vorne mit dabei. Da ist genug Platz.
Und ich erzähle meine Geschichten.
Reisegeschichten.
Das ist ja auch so was. Ich bin jetzt jemand,
der Geschichten zu erzählen hat.
Ich finde das enorm wichtig.
Man ist ja doch erst ein Mensch, wenn man
Geschichten zu erzählen hat.
Jedenfalls sehe ich das so.
Und ich stelle fest, dass es mir Spaß macht.
Und wie!
Die Geschichten auszuschmücken,
auszuweiten, weiterzuspinnen.
Auch das ist enorm wichtig.
Man will ja was erzählen, das Hand und Fuß
hat. Einen Plot. Und eine Pointe, einen Clou
ans Ende setzen.
Ich kann das. Stelle ich fest (Boah! So viele
Feststellungen!).

Ich bin eine Dichterin.

Jawohl. Genau das ist es.

Ein Dichter, das ist jemand, der eine Geschichte zu erzählen hat.

Ich meine, es ist ja nicht damit getan, wenn ich erzähle, dass ich mit Knut von Hamburg nach Bremerhaven gefahren bin, und dann nach Osnabrück, von dort nach Rotterdam. Es gehört da schon noch einiges mehr dazu. Was ich gesehen und gedacht, was wir so erzählt haben. Ich meine, ich habe das ja alles aufgeschrieben, aber wenn man so ins Erzählen kommt, kommt doch noch wieder was dazu. Auch wegen Knut.

Als ich zu Knut was sagen wollte, hab ich gemerkt, dass ich gar nicht so viel von ihm erfahren habe, also hab ich einfach was dazuerfunden.

Das ist dichten!

Noch höher ginge es hinaus, wenn ich den ganzen Knut erfunden hätte. Ich glaube, beim nächsten Mal probier ich das mal aus. Dann erfinde ich jemanden, den ich ... nein, auch den Namen werde ich mir bei der Gelegenheit erst überlegen. Ganz spontan. So soll das sein. Ich habe gesprochen.

Ich, Lissa, die Dichterin, die Geschichtenerfinderin.

(der schwarze Wald)

Ich mag den schwarzen Wald nicht.
Er ist mir zu eng.
Ja, wenn ich eine Räuberbande wäre ...
Bin ich aber nicht.
Räuberbanden sind nicht frei, da kann man
denken was man will.
Ich aber bin frei.
Ein freier Vogel.
Eine Möwe. Die eine Weite braucht, eine
Erstreckung.
Ein SichAusstreckenKönnen.
Das gibt es hier nicht.
Also schnell durch. Und weg.
Aber das zieht sich.
Und mein liebes altes Ehepaar mag den
schwarzen Wald.
Da will ich mal lieber nichts sagen.
Oder jedenfalls nicht so viel.
Mal vom Meer seufzen.
Das darf. Weil ich ja aus dem Norden bin.
Den kennen sie natürlich auch.
Seitdem sie in Rente sind fahren sie die Kreuz
und die Quer.
Ist doch cool. Solange sie noch fit sind.
Also, die waren überall. Denen brauche ich
nichts erzählen.
Also höre ich mal zu. Ausnahmsweise. Hihi!

Weil ich so gut bin. Und sie so süß.
Am Titisee wird zu Mittag gegessen.
Sie lieben den Titisee.
Für mich ist das ein schwarzes Loch.
Aber die Sonne scheint. Und es gibt Forelle.
Forelle Müllerin.
Wahrscheinlich hat der Schubert die erfunden.
Hatte der das nicht mit Forellen?
Und mit Müllerinnen hatten die das sowieso.
Wahrscheinlich, weil Müllerinnen besonders
schön waren.
Heutzutage gibt es keine Müllerinnen mehr.
Heutzutage gibt es nur noch mich.
Die Forelle schmeckt.
Hat der Schubert gut gemacht.
Aus dem Titisee sollen die Kinder kommen.
Wie bitte?
So eine Art Klapperstorch.
Ein Frau-Holle-See. Unendlich tief. Unsagbar
mystisch.
Sag ich doch: ein schwarzes Loch.
Ob ich noch eine Eiscreme möchte?
Aber sicher doch.

(der Bodensee)

Sie sind sooo süß!
Haben mich an den See gebracht. Obwohl es
ein Umweg für sie ist.
Uuund - sie haben mir ein Abschiedsgeschenk
gemacht. Die Gedichte von Hermann Hesse.
Ein dickes Buch. Alle seine Gedichte. Aber klein
genug, dass ich es gut unterbringen kann.
Ich war so glücklich und hab sie beide in den
Arm genommen.
Beinahe hätte ich geheult.
Dann sind sie gefahren.
Und ich bin runter an den See.
Nachdenkungen betreiben. Nun, wo ich
wieder alleine bin.
Ich blättere etwas im Hesse.
'Der See starrt wie Glas.'
Darf der das eigentlich?

(Melancholie)

Ich möchte melancholisch sein.
Weil ich melancholisch bin.
Ich kann mir nicht helfen.
Dann lieber melancholisch sein wollen.
Trotzköpfchen.

Aber genau.
Wenn ich will, ist es meine Entscheidung.
Sage ich mir.
Das bringt natürlich nichts.
Es bleibt wie es ist.
Also nachdenken.
Wenn ich kann.
Wenn die Melancholie keine dunkle Wolke um
mich legt.
Das will sie.
Ich spüre das genau.
Das ist ein saublödes Gefühl.
Mein Herz bibbert.
Ich kann meine Herztöne hören.
Mein Herz weint.
Mein Herz schluchzt.
Dann versucht es sich zu beruhigen.
Eine Melodie zu summen.
Es fällt ihm nichts ein.
Es kommt ins Stocken.
Alle Erinnerungen sind ertrunken.
Wie in einem Blutstrom.
So stelle ich es mir vor.
Schön ist das nicht.
Aber ein anderes Bild kommt mir nicht.
Nein.
Die Melancholie ist eine große, weite Ebene.
Die leerer ist, als jede Wüste sein könnte.
Da ist nichts.

Da bin nur ich.
Klein und kümmerlich.
Grau und unscheinbar.
Als sei ich gar nicht wirklich da.
Ich bin nicht wirklich da.
Das ist die Antwort auf all meine Fragen.
Die ich gar nicht gestellt habe.
Die Melancholie hat sie mir fortgenommen.
Mein Herz bibbert.
Mein Herz krümmt sich zusammen.
Keine Nachtigall singt mir ein Lied.
In welche Schlucht sollte ich mich stürzen, wo
nichts ist.

(denk nach!)

Es fällt mir doch etwas ein.
Weil ich am See sitze.
Weil ein Wind weht, fast wie bei uns zuhause.
Ich weiß, warum ich melancholisch bin.
Weil meine Reise zu Ende geht. Weil ich bald
mein Ziel erreicht haben werde.
Doch zu welchem Schluss? Was wird sein?
Ich weiß doch gar nicht, ob die Oma mir
gefällt. Am Ende gefällt sie mir gar nicht.

Ich weiß auch nicht, ob sie überhaupt noch etwas mitbekommt, versteht wer ich bin. All so etwas.

Ich weiß nichts.

Ich weiß nur, dass ich eine Entscheidung zu treffen haben werde.

Nein. Sehr wahrscheinlich sind es sogar mehrere.

Aber ich werde die Entscheidungen treffen, wenn es soweit ist.

Das weiß ich.

Und darum ist die Melancholie verflogen.

Ja, tatsächlich, sie ist fort, ganz und gar.

Vielleicht liegt es ja auch an den Möwen.

Ich teile mit ihnen mein belegtes Brötchen.

Dann geh ich noch zwei holen.

Ich habe Zeit. Ich werde mir Zeit nehmen.

Das ist das ganze Geheimnis.

Jetzt kommt es sowieso nicht mehr darauf an.

Wozu sollte ich mich hetzen.

Ich werde den See entlangwandern. Und nachdenklich sein.

Erst wenn ich in Lindau bin, werde ich wieder ernsthaft trampen.

Wenn mich vorher jemand mitnimmt, sage ich nicht nein. Aber hauptsächlich zu Fuß.

So möchte ich das haben. So fände ich es schön.

Enthastsam. Enthastsamkeit.

Das sind gute Worte.
Ich lese Hermann Hesse.
Die Möwen kreisen über mir.
Ein Brötchen für mich. Eines für sie.
Ich brösele ihr Brötchen klein. Sorgfältig. Ich
weiß, wie sie sind. Sobald ich die Brösel
ausgeworfen habe, sind sie da. Und es dauert
keine zehn Sekunden. Dann ist alles weg.
Und ich sitze da und habe ein schlechtes
Gewissen. Weil ich nicht mehr für sie habe.
Aber sie kommen schon klar.
So wie ich.
Das weiß ich auch.

(von Freude und von Traurigkeit)

Wenn man von Freude in Traurigkeit versinkt
und dann wieder zurück, weiß man gar nicht
wohin mit seinen Gefühlen.
Weil die Traurigkeit noch immer im stillen
Kämmerlein sitzt. Sie ist ja immer noch da.
Wie die Nacht. Die Nacht ist wie ein Schal. In
den hüllt sie mich ein.
Aber wenn dann nicht? Wenn dann plötzlich
nicht? Wenn eine Nacht kommt, die hüllt dich
nicht mehr ein, was dann?

Dann suchst du, tastest nach den Händen der
Nacht. Die den Schal dir reichen.
Aber da ist nichts.
Ich fasse mit meinen Händen in die Nacht.
Und finde immer nur ein Stückchen
Dunkelheit.
Mal einen Stern. Der leuchtet. Dann greife ich
danach. Da ist er fort.
Ein Stückchen Licht, ein Stückchen Dunkelheit.
In meiner Hand - nichts.
Wie kann das sein?
Gut, dass ich mir eine Flasche Wein gekauft
habe. Als hätte ich's geahnt.
Nein. Da ist keine Traurigkeit mehr, keine
Melancholie.
Ich bin nur nachdenklich. Und allein.
Allein eine Flasche Wein zu trinken ist ein
komisches Gefühl.
Es ist auch erst das zweite Mal, dass ich das
mache.
Damals, kurz bevor ich losgezogen bin, als ich
Melli eine Flasche stibitzte, das war das erste
Mal. Und ist auch schon komisch genug
gewesen.
Und ich habe auch was komisches gedacht
und aufgeschrieben.
Aber ich blättere nicht zurück. Obwohl ich
unter einer Laterne am Ufer sitze.
Licht.

Ich fasse nach dem Drachenstein. Der ist.

Du, Stein, du
bist
ich sage es dir
du bist rauh und spröde
ich könnte meine Fingernägel an dir feilen
aber ich lasse dich tanzen
im Licht
auf meiner Handfläche tanzen
mein Kopf
fühlt sich schwer und leicht
und ich
fühle den Stein
meine Hand wird rauh
wie der Stein
meine Hand
ein Stein
ich
lache
lache leise
spreche mit meiner Stimme
spreche mit einer anderen Stimme
das ist die Stimme der Nacht
der Dunkelheit
die ist zurückgekehrt
die hat mich nicht verlassen
die wollte nur wissen
ob ich etwas machen kann

ich kann
den Stein umdrehen
dann sehe ich Akbaras Kopf
drehe ich ihn etwas beiseite
sehe ich mich
zusammengekauert
ich
allein
den Kopf auf den Knien
so wie jetzt
schaukele ich mich
und der Wind bläst weise
das ist einer
der mich in Ruhe lassen kann
wie der See
der neugierig näher gerückt kommt
'Was ist denn das für eine?'
fragt er wohl
und ich sage
'Das bin ich'
in meiner Stimme
'Ich bin es'
sage ich
'Ich bin'
und der See ist zufrieden
der See plätschert vor sich hin
und lässt mich machen
mein Körper ist die Geisterstunde
ich bin das seltsame Geschöpf am Ufer

das gar nichts anderes mehr will
als Grimassen schneiden

Ich bin

(den See längs)

Mit einem dicken Kopf aufgewacht bin ich.
Kein Wunder.
Muss schon wieder Grimassen schneiden.
Ja. Okay. Vernünftig sein ist anders.
Neun Uhr. Mein Gott, was ich lange geschlafen
habe!
Da jetzt aber nichts dran zu ändern ist, geh ich
in ein Café frühstücken, mich frisch machen so
gut es geht.
Die Leute gucken.
Ich werf meine Haare. Hihi!
Na bitte! Wird schon wieder.
Der See schimmert in der Sonne.
Eine große behäbige Badewanne.
Vielleicht gehe ich später in ihm baden.
Wenn ich was finde. Enthastsam.
So was wie mit dem Wein werde ich nicht
nochmal machen.
Na schön - er war ein guter Melancholiekiller.
Aber mein Brummkopf!

Vergeht. Vergeht.
Ich laufe.
Und laufe.
See, See.
Seele von einem See.
Ob es das gibt?
Doch. Bestimmt.
Ich wandere da so längs.
Immer am See.
Dann geht's zur Straße zurück.
Ich werde ein Stückchen mitgenommen.
Dann laufe ich wieder.
See, See.
Seele von einem See.

(der Friedhof)

Ich laufe.
Und laufe.
Ächz, Schwitz!
Aber schön.
Am späten Nachmittag mach ich Halt.
Das kleine Dörfchen liegt so wundersam
eingeschmiegt am See.
Da gibt es eine Obstwiese, die mir gefällt.
Neben dem Friedhof, neben der Kirche.
Es ist so schön.

Ein Gesummse und Zirpen im Gras.
Die alten Bäume mit den faltigen Rinden.
Hier werde ich bleiben.
Ich lese etwas in Hesses Gedichten.
Ich bin müde vom Wandern, und schlafe bald
ein.
Traumhaft durch die Nacht.
Ich habe geträumt, dass ich eine Imkerin bin.
Hier unter dem Apfelbaum habe ich mir Honig
von den Waben gestrichen.
Ganz schlaftrunken bin ich.
Wie verzaubert.
Ein Wiesenzauber ist das.
Und das ganze Bienen- und Käfervolk ist
schon wieder so fleißig.
Und die Vögel singen Aufwecklieder.
Ich bin ja schon wach.
Ich trinke etwas Wasser, esse ein halbes
Brötchen mit Käse.
Packe meine Sachen zusammen.
Gehe zum Friedhof hinüber.
Mir kommt es so vor, als ob mich jemand
gerufen hätte.
Aber ich mochte Friedhöfe schon immer
gerne.
Es ist so ruhig und friedlich dort.
Und ein Nachdenkort ist es.
Das vor allem.
Erst recht so früh am Morgen.

Sechs Uhr. Ich werde noch zur
Frühaufsteherin.
So ein Dorffriedhof ist ganz anders.
Anders als was?
Anders als in der Stadt sowieso.
Aber er ist auch so ganz anders als die
Friedhöfe im Norden.
So viele kenne ich ja nicht.
Aber ich glaube, jede Landschaft hat ihre
eigenen Friedhöfe.
Es geht nach Landschaften.
Natürlich auch nach Religionen.
Aber die Landschaften sind es vor allem.
Und sie sind etwas ganz anderes als die
Länder.
Sie sind Grenzübergreifend.
Erst recht bei den Friedhöfen.
Und da könnte man ganz neue Landkarten
gestalten.
Die sich an den Friedhöfen orientieren.
Das fände ich gut. Ja.
Das könnte Frieden bringen.
Und Gleichklang, irgendwie.
Eine Übereinstimmung unter den Menschen.
Oh, da ist ein Grab, das tut mir weh.
Ich knie mich vor das Grab hin.
Friederike Marie.
1977 ist sie gestorben.
Da war sie 16 Jahre alt.

Ein Jahr jünger als ich.

Woran sie wohl gestorben ist?

Da steht nur der Name. Und die Daten.

Ob es wohl Drogen waren?

Aber - nee. Doch nicht hier auf dem Dorf.

Oder vielleicht gerade darum.

Es könnte auch ein Unfall gewesen sein.

Es wäre alles vorstellbar.

Ich stelle mir alles vor.

Und muss weinen.

Wenn ich nun mit 16 gestorben wäre.

Dann wäre ich nicht hier.

Dann hätte ich das alles nicht erlebt.

Das wäre so schade.

Und ich muss noch mehr weinen.

Weil es so traurig ist.

Die arme Friederike Marie.

Mal angenommen, sie wäre noch am Leben, und immer noch 16, und käme jetzt auf den Friedhof, und wir würden uns kennenlernen.

Und ich würde ihr von meiner Reise erzählen.

Und sie mir von ihren Drogen. Und warum.

Ach, es ist so traurig.

So jung zu sterben.

Aber da steckt man nicht drin.

Und wenn man nach dem Sinn fragt?

Da ist kein Sinn.

Da sind die Bäume und die Grabsteine. Die Wege, die Blumen und das Gras.

Und da bin ich.
Und ich muss weinen.
Und da kommt der Pfarrer.
Der kommt zu mir herüber.
Sehr nett ist er.
Fragt mich, woher ich komme. Und wohin ich
will.
Ich erzähle es ihm.
Er lädt mich zum Frühstück ein.
Und dass ich auch duschen könnte.
Da freu ich mich.
Und trockne mir die Tränen.
Und er hat auch gar nichts gesagt.
Keinen klugen Spruch.
Das fand ich sehr in Ordnung.

(ins Allgäu)

Ich frage mich, wie das so wäre, wenn man auf
einer Welt leben müsste, wo der Himmel
immer schwarz ist, oder gelb.
Grauenhaft wäre das.
Aber wahrscheinlich nur für uns Erdenwesen.
Die wir einen blauen Himmel kennen.
Mal angenommen, wir wären einen gelben
Himmel gewohnt.
Dann wäre Gelb doch das Unbedingte.

Und ich könnte jetzt von einem gelben
Himmel schwärmen, anstatt in meine Kapuze
zu kriechen.
Blau kommt heute nicht mehr.
Ich halte den Daumen raus.
Mal wieder ein Bild des Erbarmens.
Es erbarmen sich auch einige, ich komme gut
voran.
Die Leute sprechen komisch und sind komisch,
alles was recht ist.
Mein Gott, was bin ich froh aus Hamburg zu
sein. Aber das hilft mir jetzt nichts.
Ich muss da durch.
Durch die Straßenmatsche und den
Sprachensumpf.
In Wangen suche ich mir ein Hotel.
Ich hab die Nase voll. Ich brauch eine warme
Badewanne. Egal was es kostet.
Mit was Glück werde ich morgen in Füssen
sein. Ausgeschlafen und wohlduftend.

(Wangen im Allgäu. Ich fass es nicht.)

Das Hotel ist gefunden.
Keine Badewanne, nur eine Dusche.
Aber was solls. Ich habe es zelebriert.
Zum Glück haben sie genug Shampoo,
Duschgel und Lotion da hingestellt. Das reicht
auch noch für morgen früh.

Ich geh essen.

Nudeln im Schlafrock.

Oder Nudeln als Schlafrock?

Lustig jedenfalls.

Der Wein ist gut.

Die Leute gucken.

Ich bin unnahbar.

Ich bin mit meinen Notizen beschäftigt.

Neue Klamotten bräuchte ich.

Das wird gar nicht so einfach. Das ist ja ein Kaff hier.

Ob ich mir wohl ein Dirndl zulegen sollte? Dann könnte ich mich unbemerkt und gut getarnt unter die Eingeborenen mischen. Hihi!

(mikromäßig)

Der Regen hat nachgelassen. Es schüttet nicht mehr, es tröpfelt nur noch gegen die Scheiben.

Perlenketten fließen, die glänzen, die lösen sich auf, verschwimmen sich. Eine Seen- und Flusslandschaft, wie sie verschlungener nicht sein könnte.

Ob ich darin leben könnte? Eine mikrokleine Lissa, die den Fluss hinunterfährt, der eine ungewohnte Biegung nimmt und plötzlich verschwunden ist, versickert, eine Sandbank tut sich vor mir auf, wo ich Wasser erwartet hätte.

Ich beginne mein Boot über den Sand zu ziehen. Plötzlich kommt eine riesige Flutwelle von hinten und reißt uns fort. Mitten hinein in einen nachtschwarzen See.

Weit hinaus auf den See trägt es uns. So weit, dass man kein Land mehr sieht.

Zum Glück habe ich das Boot immer noch an meiner Seite. Ich drehe es um und klettere hinein. Nun bin ich Lissa auf dem See. Ich schlafe ein.

Als ich erwache ist alles eingetrocknet und hell erleuchtet. Wo der See hätte sein sollen, ist das Boot auf einer weiten spiegelglatten Ebene festgeklebt.

Es ist die Fensterscheibe. Das weiß ich aber nicht, weil ich doch so mikromäßig klein bin. Plötzlich erscheint da ein Auge, das größer ist als jede Kaulquappe.

Ich stehe kerzengerade im Bett.

Meine Oma! Das muss meine Oma gewesen sein!

(Füssen)

Das Dirndl hab ich mir verkniffen.
Sonst hat alles geklappt.
Ich hab mich für die praktische Lösung
entschieden. Jeans, zwei Oberteile,
Unterwäsche.
Ich weiß ja nicht, was in Füssen sein wird.
Dort bin ich jetzt. Bin gut durchgekommen,
dann hab ich mich durchgefragt.
Es ist eine evangelische Einrichtung. Alles
beisammen.
Die Kirche und die Gemeinderäume, eine Kita,
eine Grundschule.
Und das Pflegeheim.
Einen schönen großen Park gibt es, einen
Friedhof nahebei, und eine Wohnsiedlung
drumherum, alles ziemlich neu.
Ich habe mich vorgestellt.
Habe erzählt woher ich komme. Und warum.
So, dass sie es verstehen können.
Sie verstehen.
Sie kennen die Geschichte. So ungefähr.
Es gibt so etwas wie eine Personalakte. Dort
stehen wir drin. Natürlich. Sonst hätten John
und Melli auch den Brief nicht bekommen.
Sie freuen sich, dass ich gekommen bin. Meine
Oma hatte noch nie Besuch.

Ich soll bleiben. Sie haben auch ein Zimmer für mich.

Sie haben Zimmer für Angehörige, die von weither kommen.

Ich bekomme eines. Sogar umsonst.

Ich bin sprachlos.

Ja. Ich hatte die Sprache verloren. Das war mir noch nie passiert. Ich weiß gar nicht.

Ich. Ja ... ich bin ganz taumelig geworden.

Es war alles. Der Empfang. Die unbekannten Gerüche.

Natürlich. Ich war noch nie in solchem Heim gewesen.

Diese Samtpfotenatmosphäre. Wo der Tod an jeder Ecke lauert.

Jedenfalls war es das, was mir als erstes eingefallen ist.

Ich müsste weinen. Das darf ich nicht.

Sie haben mich bei der Hand genommen und auf die Station gebracht.

Dort haben sie mir erzählt, was mit der Oma ist.

Dass sie einen Schlaganfall hatte, dass sie zu spät gefunden und behandelt wurde.

Weil sie alleine lebte? Ja.

Meine Oma. Meine arme Oma.

Dass sie halbseitig gelähmt ist und nicht mehr richtig sprechen kann.

Aphasie heißt das, Sprachverlust. Nicht mehr
therapierbar.
Das heißt, es wird nicht wieder besser werden.
Eher schlechter.
Sie bringen mich bis vor ihre Zimmertür.
Sie liegt im Bett und schläft, sagt man mir.
Ich soll mich nur zu ihr setzen.

(das Zimmer)

Ein blaues Tischtuch
verdeckt den Schlaf
der ausgefranst
unter dem Kästchen
lauert
eine feine
Drechslerarbeit
aus Nussbaumholz
die Uhr tickt
ihre Sekunden herunter
im Spiegel hat sich
ein Stück Leben
abgebildet
ich ziehe es
von der Oberfläche
wie eine Folie
in meinem Kopf

abgespeichert
eine Wand
beige Tapete
ein Linoleumboden
pflegeleicht
die Rückseite
eines Krankenbettes
helles Holz
ein Spannbettlaken
ein Bilderrahmen
eine Fotografie
ein Wald
Bücher
wahllos
ins Regal geschoben
sie kann sowieso
nicht mehr lesen
es kommt nicht
darauf an
für Tiere also
hat sie sich interessiert
ganz sicher selber
mit ihnen gelebt
Bücher
über Vogelkunde
Verhaltensforschung
ich nehme ein Buch
lese etwas

von träumenden
Delfinen
Gedanken
die in der Schönheit
und Weisheit
des Meeres
geborgen liegen
wer weiß das schon
ich weiß es nicht
sie schläft

(die Oma)

Ich habe die Bücher in Ordnung gebracht.
Dann habe ich mich zu ihr ans Bett gesetzt.
Ich streiche über ihr Haar.
Sie ist schön.
So werde ich auch einmal aussehen.
Ich muss weinen.
Jetzt weine ich.
Sie schlägt die Augen auf.
Ich trockne mir die Tränen.
Sie lächelt.
Ob sie mich erkennt?
Aber nein. Woher denn.

Und dann doch … der Gedanke von eben. Der erste Gedanke, der mir kam. Dass ich einmal so aussehen werde wie sie.

Ob sie sich in mir erkennt? Ob es das ist?

Melli und John haben mir nie Fotos von ihr gezeigt. Natürlich nicht.

Wahrscheinlich hatten sie sowieso alles vernichtet.

Gesagt haben sie auch nichts, auch Bruce nicht.

Es wird wohl so sein.

Ich erzähle ihr von mir.

Wirres Zeug, glaube ich. Alles durcheinander. Lissa als Kind. Lissa in der Schule. Lissa auf großer Fahrt.

Sie schaut zu mir auf und lächelt.

Sie will etwas sagen.

Ich beuge mich zu ihr herab.

Sie spricht.

Doch ich verstehe nichts.

Es ist zum Heulen.

Ich verstehe und verstehe sie nicht.

Ich nehme sie in die Arme.

Ich halte mein Ohr ganz dicht an ihren Mund.

Sie erzählt. Sie spricht.

Ich verstehe sie nicht.

Und sie weiß das. Sie weiß, dass ich nichts verstehe.

Und lächelt doch mit ihrem schiefen Gesicht.

Das sie noch schöner macht. Wirklich. Das ist
so.
Sie ist so schön.
Und ich verstehe sie nicht.
Die Pflegerin, die ins Zimmer kommt, tröstet
mich. Ich müsste mich nur erst dran
gewöhnen. Und ab morgen könnte ich auch
mit ihr spazieren fahren, jetzt wäre es aber zu
spät, es gäbe gleich Abendessen.
Ich lasse mir mein Zimmer zeigen.
Dann mache ich mich auf. Die Gegend
erkunden. Es ist ja noch früh.

(der Zauberwald 1)

Eine Wurzel, die wie ein M gebogen ist.
M wie Mäanderschnecke.
Oder Mönchsgrasmücke.
Ein kleiner verzauberter Wald.
Dabei ist es nur ein winziges Fleckchen.
Ein schmaler Streifen Grün zwischen dem
Spielplatz und einem Weg, der auf das
Pflegeheim
zuführt.
Da wachsen eine Menge verwilderter Büsche.
Die wuchern wie blind.
Aber nur fünf Bäume.

Bäume, die es verdienen Baum genannt zu werden.

Eine Linde.

Ein Ahorn.

Die anderen kenne ich nicht.

Ein Nadelbaum ist dabei.

Verkrüppeltes Gras an den Rändern.

Jede Menge Unterholz.

Vom Weg führen bemooste Stufen zu einem Rondell.

Es gibt auch eine Rampe, die einen etwas weiteren Bogen nimmt.

(Memo: ich käme also auch mit dem Rollstuhl herauf)

Auf einer Hälfte des Rondells stehen drei hölzerne Bänke.

Die stehen so dicht beisammen, dass sie sich an den Kanten berühren.

Es ist ein aufgeschütteter Hügel.

Der Zauberwald.

Und das Rondell.

Und zwischen dem Rondell und dem Zauberwald eine kleine Wiese.

Ich setze mich auf eine der Bänke.

Drunten der Spielplatz.

Schaukeln. Wippen. Jede Menge Sand zum buddeln.

Ein Klettergestell. Ziemlich groß. Alles da.

Der Spielplatz gehört zur Schule. Und zur Kita.

Es sind aber auch jetzt noch Kinder da.
Das spielt aber fast keine Rolle, denn hier
oben ist eine andere Welt.
Da gibt es nur noch den Zauberwald.
Ich schaue direkt hinein.
Und sehe das M.
Das einen Zugang verbirgt.
Da bin ich mir sicher.
Das ist ein Zauberwald.
Hier geht etwas vor.

(das Kaninchen und die Taube)

Lach ich denn?
Ich lache noch.
Und warum auch nicht.
Ich sehe das Kaninchen auf der Wiese.
Das hat sich was stibitzt.
Und nun pirscht sich die Taube an und möchte
was abhaben.
Wie sie den Kopf so schräg zur Seite dreht, als
wollte sie sagen: 'Ich? Nee. Ich doch nicht.'
Und schon ist sie dran und hat sich was
weggepickt.
Und das Kaninchen?
Können Kaninchen konsterniert gucken?

Das da, das kann. Aber es lässt sich nichts
anmerken. Pokerface.
Und jetzt kommt die Taube wieder ran.
Scheinheiliges Biest!
Aber das Kaninchen hat aufgepasst. Legt der
Taube eine Vorderpfote auf den Kopf. Total
lässig. Total cool. Einfach so die Vorderpfote.
Als obs nix wäre.
Du! Die Taube kommt nicht wieder, garantiert.
Also das ist doch der Wahnsinn. Was man mit
Tieren alles erleben kann.

(der Zauberwald 2)

Es werden die Kaninchen sein.
Natürlich!
Sie sind es, die den Zauberwald ausmachen.
Oder ist es eher ein Zaubergarten?
Nein. Ich bleibe beim Wald.
Und bei den Kaninchen.
Es ist ein Weißes darunter.
Und doch ein Wildkaninchen.
Ich sitze auf einer der Bänke. Die Oma im
Rollstuhl neben mir.
Und sie kommen.
Sie sitzen um uns herum.
Mümmeln.

Auch das weiße Kaninchen ist ein
Wildkaninchen, da bin ich mir sicher.
Eigentlich spielt es aber keine Rolle.
Es ist eines von denen.
Oder ist es gar das?
Es wäre nicht ausgeschlossen.
Dort, wo das M ist, wird der Eingang sein.
Bisher ist es nur eine Vermutung.
Bald wird es Gewissheit sein.
Ich werde dem weißen Kaninchen folgen.
Aber was heißt denn ich.
Wir, wir natürlich.
Die Oma kommt mit.
Und wenn die mit weißen Kaninchen nichts
anzufangen weiß, dann weiß ich's auch nicht.
Sie lächelt. Sie lächelt schon wieder.
Sie ist so schön.
Ich halte mein Ohr vor ihren Mund.
'Never never again.'
Ich habe es deutlich verstanden.

(zwischendurch)

Wenn Gott ein Schnabeltier wäre?
Vielleicht ist er das. Vielleicht ist etwas schief
gelaufen.

Vielleicht haben die Kaninchen die Macht
übernommen.

(Glaube)

Ich glaube, der Glaube hilft auch nicht weiter.
Glaube ist nichts weiter als Einbildung.
Einreden tut man sich was.
Manchmal hilft das.
Genausooft hilft es nicht.
Das 'Genausooft' wird gestrichen.
Und man sagt: der Glaube hat weitergeholfen.
Pustekuchen. Das ist alles Humbug.
Man kann es nicht erzwingen.
Es muss einfach geschehen.
Und wenn es nicht geschieht, geschieht es
nicht.
Dann darf man nicht enttäuscht sein.
Dann setzt man sich hin und schreibt eine
Geschichte.
Von Alice und dem weißen Kaninchen.
Ich könnte auch eine Geschichte schreiben.
Von Helen und von mir.
Wie es wäre, mit dem Rollstuhl nach Italien zu
reisen.
Mit dem Rollstuhl über die Alpen.

Dagegen sind Hannibal und seine Elefanten nichts.
Wir würden aber nicht auf Eroberung gehen.
Wir wollten einfach nur eine schöne Zeit haben.
Oder sollten wir nach Amerika?
Sie könnte mir alles zeigen.
Die Orte ihrer Kindheit. Mir ihre Kindheit erzählen.
Ich will kein 'never never again' dulden lassen.
Nein, davon will ich nichts hören.
Ich will Hoffnung. Hoffnung, ja, das will ich.
Und jetzt muss ich mal ne Runde nachdenken.

(Glaube Liebe Hoffnung)

Ich habe auch so ein Kettchen.
Als ich klein war, hat meine beste Freundin es mir geschenkt.
Es ist aus Kunststoff, silbrig bemalt, wahrscheinlich aus so einem Automaten, die es immer noch gibt. An einsamen Ecken stehen sie herum.
Natürlich habe ich das Kettchen noch. Anker, Kreuz und Herz. Drei Symbole.
Drei Worte. Eine Nachdenkung hoch drei.
Da hat jemand etwas verstanden.

Aber wir Menschen hatten ja auch lange genug Zeit wenigstens etwas zu verstehen.

Obwohl ich mir jetzt, wo ich es aufgeschrieben habe, gar nicht mehr so sicher bin, ob es etwas mit Verstehen zu tun.

Eher ist es doch ein Rätsel.

Ein Rätsel in drei Worten.

Das größte aller Rätsel.

Wo Liebe ist, ist Hoffnung, glaubt man an das Leben.

Stirbt die Liebe, schwindet die Hoffnung, ist der Glaube dahin.

Wir haben in der Schule mal das Theaterstück von Ödön von Horwarth gelesen.

Das ist das Leben. Unser Leben, abgesteckt.

Dazwischen bewegen wir uns.

Ein Dreieck.

Das ist es wohl, wenn einer sagt, dass er im Dreieck springt.

Das tun wir alle. Ein Leben lang.

Aber einfach ist es nicht.

Weil es ganz viele Varianten von Glaube Liebe Hoffnung gibt.

Und genausoviele Gegenteile davon.

Also ist es ein dreidimensionaler Raum.

Und weil es sich im Zeitraum unseres Lebens abspielt, wird ein vierdimensionaler Raum daraus.

Das ist ganz schön kompliziert.

Das macht unser Leben so kompliziert.
Man springt in diesem Raum herum.
Man springt und springt, bis man nicht mehr
springen kann.
Dann fällt man aus dem Raum heraus.
Weil man nicht mehr folgen kann.
Das ist das Leben.

(Bruce - na logo - Bruce)

Und nun, meinte er, wo solls denn hingehen?
Nach Italien vielleicht?
Bruce! Er hat mich also gefunden.
Ich bin gar nicht mal so überrascht. Fast sogar
erleichtert. Ja.
Bruce macht kein großes Getue.
Er nimmt mich in die Arme.
Und ich umarme ihn auch.
Ich freue mich, ich freue mich.
Dann beugt er sich zu Helen herunter.
Er spricht mit ihr, ganz ruhig, auf englisch.
Keine Vorwürfe oder so etwas.
Er erzählt, erzählt von früher.
Eine einfache Geschichte von einer Kneipe in
Amerika.
Wie sie da gesessen haben, Musik gehört,
geredet.

Mehr nicht.
Ich verstehe nicht alles, doch das meiste.
Aber mehr war da nicht. Musik und Träume.
Wie es einmal war.
Dann erklärt er ihr, dass er gekommen ist mich
abzuholen.
Helen muss weinen.
Und bei Bruce sehe ich auch eine Träne.
Ich knie mich vor die Oma hin.
Nehme sie in die Arme, tröste sie.
Dass ich wiederkommen werde, verspreche ich
ihr.
Und wiederkommen, das werde ich.
Dann fahren wir drei eine Runde spazieren.

(Schluss)

Ich weiß gar nicht, was ich die letzten Tage
gemacht habe.
Ich weiß auch gar nicht, wie viele es waren.
Ob es drei Tage waren, oder vier.
Vielleicht habe ich auf das weiße Kaninchen
gewartet.
Vielleicht auf mich.
Dass etwas geschieht mit der Oma und mit
mir.
Alles Hirngespinste.
Nein. Ich glaube, ich habe auf Bruce gewartet.
Ich habe gewusst, dass er kommen würde.
Es war ja naheliegend.
Ich wollte, dass er kommt.
Ich wollte, dass es zu Ende geht.
Weil meine Reise zu Ende ist.
Ich habe erreicht was ich wollte.
Ich habe meinen Trotzkopf durchgesetzt.
Ich bin zufrieden mit mir und bin es nicht.
Das ist wie es ist.
Es gibt dazu nichts weiter zu sagen.